我们丛书
壮族作家作品系列

屈指家山

Quzhi Jiashan

牙韩彰·散文集

广西民族出版社
Gvangjsih Minzcuz Cuzbanjse

图书在版编目（CIP）数据

屈指家山：牙韩彰散文集／牙韩彰著. —南宁：广西民族出版社，2019.10（2023.5重印）
（我们丛书. 壮族作家作品系列）
ISBN 978-7-5363-7309-9

Ⅰ.①屈…　Ⅱ.①牙…　Ⅲ.①散文集－中国－当代
Ⅳ.①I267

中国版本图书馆CIP数据核字（2019）第218963号

我们丛书·壮族作家作品系列

屈指家山

著　　者：牙韩彰
出版策划：石朝雄
责任编辑：凌　华　石彬筠
装帧设计：张文昕
责任校对：黄一清　张远欢
责任印制：梁海彪　张东杰
出版发行：广西民族出版社
地址：广西南宁市青秀区桂春路3号　邮编：530028
电话：0771-5523216　传真：0771-5523225
电子邮箱：bws@gxmzbook.com
印　　刷：三河市嵩川印刷有限公司
规　　格：787毫米×1092毫米　1/32
印　　张：6.625
字　　数：135千字
版　　次：2019年10月第1版
印　　次：2023年5月第2次印刷
书　　号：ISBN 978-7-5363-7309-9
定　　价：49.00元

总　序

黄凤显

壮族是世居珠江流域的少数民族，现今人口1700多万，是我国人口最多的少数民族。壮族历史悠久，曾经创造了灿烂的文化，是中华民族文明的重要组成部分。这个在祖国南方世代生息繁衍的民族，与中华民族的其他成员一样，在千百年的历史进程中，创作了大量内容丰富、形式多样、特色鲜明的文学佳作。

提到壮族文学，首先让人想到的是其民间文学。壮族的神话传说、民间故事、山歌、壮剧、师公戏等，皆广为人知。

而壮族山歌尤为著名，三月三歌节、壮乡歌圩被誉为壮族山歌的荟萃和渊薮。不过，相对于民间文学，壮族的作家文学，人们对它的了解和关注还很不够。

作家文学的产生是与文字的产生联系在一起的。壮族在先秦时就已经有自己的文字。2006 年前后，在广西平果县发现的感桑石刻文，以及在壮族地区先后出土的石器、陶器、青铜器上的刻文、铭文等，就是壮族的早期文字。这些产生于先秦时期的壮族古文字，经秦王朝统一文字或秦火之后，汉代以降已再难延续。现今发现的感桑石刻文等，由于缺乏文献佐证，已较难破译。但是，感桑石刻文中有不少片段在 100 字左右，已比我们常见的甲骨卜辞字数多，其较大的石片刻有 200 多个字符，据称还有一片达到 2200 字，这都赶上甚至超过了西周青铜器铭文的字数（西周青铜器铭文中最长的一篇《毛公鼎铭文》近 500 字）。这么多的字数和这样的篇幅，无疑已是篇章成文。尽管它尚未被破译，且可能是用于祭祀或属于实用文书，但其连缀成篇，中无间断，亦不难想见其架构气魄和辞章文采。所以，感桑石刻这些作者和内容待考的文字，堪称现今发现的最早的壮族文人作品。

壮族创造的第二种文字是方块壮字，亦称古壮字，也叫土俗字，萌芽于汉代，产生于唐代，是由壮族一些受汉文化教育的文人（也包括巫师）借助汉字或汉字的偏旁部首创造的。古壮字直到现在仍在壮族民间使用。1989 年出版的《古壮字字典》收录了大约 4900 个字和大约 1 万个异体字。使用古壮字进行创作，滥觞于唐代俚僚人酋长、澄州（今广西上林县）大首领、廖州刺史韦敬办。由他撰写碑文的《六合坚固大宅颂》碑和《智城碑》，是岭南地区最早的唐碑，其骈赋体碑文富于文学色彩，其中《六合坚固大宅颂》则使用了古壮字创作。自唐代以后，古壮字多为民间麽公、民间戏人和山歌歌师所用，他们用古壮字书写的原始宗教经文、壮剧剧本和山歌唱本既有对口头传唱作品的记录，也有自己的书面创作。

在20世纪50年代拼音壮文出现以前，壮族作家、诗人主要是学习和使用汉文进行创作。目前，存世的这类壮族文人作品多为清代时所作，作者大多是中举、中进士者，其汉文水平足可与汉族文人比肩。这些文人在世时基本上都编有文集或诗稿，20世纪90年代以来，经广西少数民族古籍工作办公室组织力量进行整理，广西人民出版社、广西民族出版社、广西教育出版社等先后出版了多位作家的诗文集，如黎申产《菜根草堂吟稿》、蒙泉镜《亦嚣轩诗稿》、韦绣孟《茹芝山房吟草》、崔毓荃《薰生诗草》、郑献甫《郑献甫文集》、韦丰华《韦丰华集》、曾鸿燊《瓶山诗集》等，而其他壮族著名文人的集子，如张鹏展、冯敏昌、刘定逌等还有待于整理出版。这批诗文集可以说是第一批整理出版的古代壮族作家作品集。

近现代以来，运用汉文创作的壮族作家队伍越来越壮大，其题材内容越来越丰富，创作的体裁也越来越多样，涉及了众多的文学样式。新中国成立前，以曾平澜、陆地、华山等为代表的壮族作家就已蜚声文坛。新中国成立后，壮族作家更是群星璀璨。韦其麟、周民震、黄勇刹、蓝鸿恩、莎红、黄青、王云高、苏方学、韦一凡、凌渡、黄钲、潘荣才、孙步康、农冠品、苏长仙、陈雨帆、农耘等，都是人们所熟知的壮族作家。这些作家的作品都曾先后以单部作品或结集的形式出版，在海内外产生了重要的影响。

2013年，在中国作家协会的精心策划、组织下，55卷60册的《新时期中国少数民族文学作品选集》由作家出版社出版。这部卷帙浩繁的选集收有冯艺主编的《壮族卷》上、下册，收录了数十位壮族作家的作品，上册为中短篇小说集，下册为诗歌、散文集。上册文末附录长篇小说存目，下册卷后附录长诗、长篇报告文学存目。这是迄今为止编辑出版的唯一的多位作家、多种文体荟萃的壮族作家作品选集。

2018年是改革开放40周年，恰逢广西壮族自治区成立60周年，今年又正值新中国成立70周年大庆，这是展示、回顾、总结和检阅壮族作家创作，尤其是新时期以来壮族文学成就的良好契机。广西民族出版社出于自身的出版定位和社会责任，组织力量、自主投入，编辑出版这套“我们丛书·壮族作家作品系列”。

这套丛书共11册，收录了11位壮族作家的小说、散文和诗歌作品。入选的这11位中青年作家，都是新时期在文坛上活跃的壮族文学创作翘楚。丛书为每位作家单独编辑了作品选集，小说类有凡一平《合唱团》、李约热《一团金子》、陶丽群《被热情毁掉的人》，散文类有冯艺《除了山水　还有什么》、牙韩彰《屈指家山》、石一宁《履痕心绪》、黄佩华《生在平用》、黄鹏《家园气象》，诗歌类有荣斌《尘土之河》、梁洪《一个饺子的距离》、三个A《魔术师》。看这份名单和书单，不难发现两个特点：一是作家的选集属于“本色行当”，如部分以创作小说、散文、诗歌著称的作家仍选其小说、散文、诗歌作品，像小说作家凡一平、李约热、陶丽群选的是小说，散文作家冯艺、牙韩彰选的是散文，诗人荣斌、梁洪选的是诗歌。二是某些作家的选集似乎有所“跨界”，如在小说创作上实力雄厚的黄佩华，选的却是散文，著名文学评论家石一宁和诗人黄鹏，选的也是散文。这种看似“跨界”的努力，实则是跨越，代表了他们在文学创作领域的新开拓。如黄佩华，近年在潜心于小说写作、不断推出新作之余，陆续发表了一系列抒写壮族和壮乡的散文佳作，颇受读者喜爱；石一宁在对当代创作进行较全面系统的点评的同时，用散文笔调记下自己的履痕心绪和寄情哲思；平素写诗的黄鹏，其散文作品则灌注了浓郁的诗情画意。

从书作品的选取，既考虑到作家的代表作，也充分考虑到作家的成长历程，让读者从中了解到作家创作渐入佳境及其风格形成的经过，尤其是认识和理解一个壮族作家是如何扎根于壮族文化沃土，参照壮语（母语）的表达方式，运用汉语进行文学创作的艰辛探索之路。因此，阅读这些作品，我们可以看出：凡一平小说那壮族式的机智、幽默及其传奇性是如何形成的，冯艺散文那种文化底蕴和人文关怀是如何集聚的，李约热小说的那种怪诞和黑色幽默是怎么炼成的，陶丽群是什么时候开始关注边陲小镇的小人物及其人性的扭曲与张扬的，荣斌的诗歌是如何贴近时代语境、抒写当代人真实灵魂的，牙韩彰是如何从惯常的写实手法转换为一种游刃有余的抒情的，三个 A 是怎么从一个年轻的壮族小伙子成为诗坛新锐的，等等，不一而足。还是回到编辑这套丛书的初衷，那就是对当下壮族文学创作和壮族作家的成长进行展示、回顾和检阅。

既如此，丛书所选的作品就并非全是作家们的新作、近作。有些作品需要置于其创作和发表时的时代语境下解读。正如凡一平在《合唱团》后记中说的：“这部集子其实是那个年代青年彷徨、思索和奋斗的记录。这些作品所体现的对社会的认识、对生活的体悟、对人生的思考，甚至文本和话语等，自然就带上了那个年代的印记。”这应该作为阅读这套丛书作品的一个基本思路。

在选编这套丛书的过程中，出版社编辑和作者进行了多方沟通和协商。对于入选作品，编辑只对明显的舛误订正，原则上不做另外的加工修改，以尽可能保留作品的原貌。不过，编辑壮族作家作品系列丛书，对广西民族出版社来说是一个新的尝试，疏漏或缺点在所难免。我们在衷心祝愿壮族作家不断取得更加丰硕的创作成果的同时，也诚恳希望作家和读者给我们多提出宝贵的意见，使我们的编辑出版工作得到改进和提高。

2019 年 10 月

牙韩彰·散文集

目　录

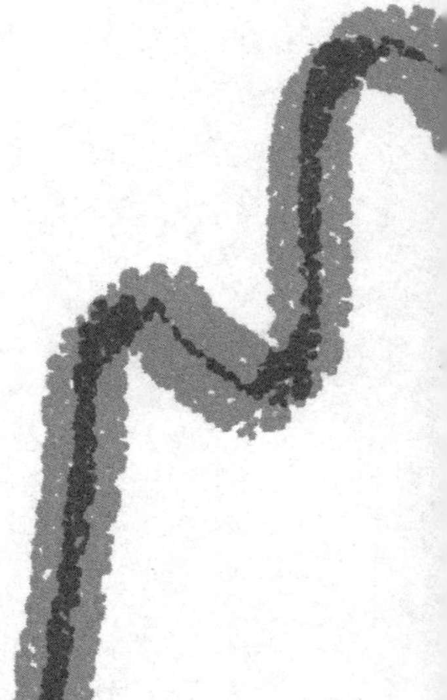

青秀山：阳明先生过化之地

——八桂文化名山寻访之一

说到山，人们自然就想到一千多年前刘禹锡《陋室铭》的那句“山不在高，有仙则名”。似乎有山就有神仙，有神仙就有灵气，有灵气就有名气。千百年来，人们对名山和神仙的关联也大多做如此想象。其实，所有的山，不论有名无名，也不论陡峭还是平缓，哪有什么神仙在。倒是有人有文就出名，有诗有书（法）即出彩，则是真的。尤其是，有名人到过该山，不管来做什么，只要来逛过一下就行；或者不管名人来与不来，只要给该山写过文章或题过诗词也行；或者有后人给到过该山的前辈名人刻字题词也可以。凡此种种，具备一样，该山就会很快出名；如果三者齐备，要不出名已不可能，必须做好名扬四海的准备了。

南宁青秀山跟国内大多数名山一样，上述三种情形早已皆备。名气大如徐霞客先生在南宁考察游玩一个多月，几乎踏遍南宁四周山岭，总共写了 19 天的日记，里面多次提到青秀山。这几年又突然声名鹊起的王阳明，曾带兵在南宁驻扎五个多月，他到青秀山游览时为青秀山绿荫如盖、草木蓊郁的景色所吸引以至流连忘返，但他给南宁写过两首诗，记录的却是南宁经历战火后的凋敝：“浮屠绝壁经残燹，井灶沿村见废墟。”曾与奸相严嵩相斗的传奇人物董传策，是刑部主事，“中央机关”里的一个“司局级”干部，官位虽不高，却因骨头硬，敢弹劾权倾朝野的严嵩，打入大牢备受酷刑而不屈，被写进了历代传奇图书。他被贬官后发配到南宁，在南宁一待就是九年之久。他也经常登临青秀山，曾写过《青山歌》和《青秀山记》，对青秀山各个景点逐一研究命名，达十余处之多，最后还给青秀山定了调——“山不高而秀，水不深而清”，可见对青秀山用功用情之深。其他历代大小文人、官员对青秀山的吟诗作赋、题词刻字更是难以胜数。而一大批忽对忽错、沉浮不定的现当代名人都还没有计算在内。所以，南宁青秀山注定与名人有关，与文化有源，毋庸置疑地成为名副其实的文化名山。

我每次登临青秀山，在惊叹于山上人工雕琢布景的精致用心和依山就势的顺其自然之余，常常困惑于半山腰撷青岩上的那句“阳明先生过化之地”。虽经数百年风雨剥蚀，字迹依然清晰可辨。然而，“过化”两个字，却让我思虑多年而始终未解其意。石刻记载，这是阳明先生的门生左江兵备佥事欧阳瑜于嘉靖四十年（1561 年）在此处刻上的，而此时阳明先生早已病逝 32 年了。查明朝官职，兵备佥事，就是负责管理辖区军务、监督地方兵马等事的官员，级别大约跟董传策刑部主事一样，是个“厅局级”领导，但他是地方上管军的，称为左江兵备佥事，可能相当于现在地市军分区领导的级别，也算有头有脸的人物了。而王阳明，不仅由于在贵州龙场“格物致知”，最后打通儒家学问的“任督二脉”，达致“通儒”行列，而且最后还当上了南京兵部尚书，地道的文武全才。对这样的高级领导，又是自己的老师，欧阳瑜在悬崖上刻字纪念当然不是随便为之的，“过化”一词肯定有它的玄妙之处。

记得我第一次上青秀山时，看到这八个石刻大字，当时下意识的第一反应就是：难道此处是王阳明先生过世后火化之处？“过化”乃“过世后火化”的简称？转念想想，只好自嘲，欧阳瑜在崖壁上刻字歌颂自己老师，其目的当然是希望其名与其字借助恩师的威名而广为人知，用词哪有这般粗俗的！而且明朝应该还没有时兴火化，南宁又地处荒凉偏僻之地，哪来“过世后火化”之说？这样的疑问反复出现，促使我不得不对“过化”一词做些认真考究了。

先是打开百度查找线索，再跑到南宁书城买回一部《孟子》求证，始知“过化”乃从《孟子•尽心上》的“夫君子所过者化”一句简化而来。完整的句子是“夫君子所过者化，所存者神，上下与天地同流，岂曰小补之哉！”怎么理解？大意是：君子所到过的地方，百姓得到教化；所留存下来的影响，更是神妙无穷。天子与百姓同心同德，达到与天地自然运转一样协调和谐，怎么能说只有很小的补益呢?

这当然是讲活人的，跟过世后火化没有半点关系，说的是君子以德感人、以文化人的无量功德。那么，什么样的君子才能达到这一层级呢?孟夫子所描述的君子当然指的是帝王，是圣君。古人一直认为，只有雷霆雨露皆是君恩的圣君，他所到之处，才如阳春布德泽、万物生光辉，平民百姓才如久旱逢甘露、寒冬沐春风，立马见善而思齐、恭敬而忠顺。

以此圣君才配戴的高帽放到阳明先生头上来，不能不让人发问，阳明先生到底做了什么事，值得后人这么夸他?其实阳明先生在广西两年多，就做两件事:一是平息地方骚乱，二是创办书院教人。

阳明先生在《敷文书院记》称，他是嘉靖丙戌夏率兵到的广西。嘉靖丙戌夏也就是1526年夏天。不到两年，即1528年初阳明先生就平息并招抚了广西思恩府（治今武鸣）、田州（治今田阳）土酋卢苏、王受的纷争骚乱。阳明先生的高明不仅在于以雷霆之力止争罢斗，还深感当时的广西文化落后，文明不昌，百姓缺乏教化，于是建议实行土流并治，以流官知府约束土官、土酋;同时在思恩、田州、南宁等地兴办学堂、书院，并亲自登台讲学，倡导读书习文，发展教育。在南宁时，他率随员在城北门口的县学旧址建一个书院，日集诸生，自己登台宣讲他在贵州龙场“格物致知”取得的学术成果“致良知学”，“宣扬至仁，诞敷文德”，他还会搞标语口号宣传，把他自己这几个校训一般的语录金句，书写为书院的匾额，悬挂高处。因此，该书院被称为“敷文书院”，成为明朝时期广西著名的书院之一。南宁的史书称，南宁城北门口的县学旧址位于今北宁街42–1号，可惜阳明先生创办的敷文书院原先的建筑已经荡然无存，唯北宁街侧大门口右边建筑物墙上尚镶嵌有“王文成公讲学处”的石碑，在提醒过往的人们，这里曾是先生讲学教化当地百姓的所在。

青秀山上的“过化”一词，显然是在颂扬阳明先生在南宁讲学教化百姓的德政，并非真的是阳明先生就在那山崖下开坛讲学。其实，类似的故事在广西各地还有不少。如苏东坡之于北海合浦，黄庭坚之于宜州，柳宗元之于柳州，秦观之于横县。而徐霞客更不用说了，他于崇祯十年（1637年）四月由湖南进入广西全州，此后一年多，东游西探，走遍了广西各地，留下了记述广西山川风物的20多万字《粤西游记》，占全部《徐霞客游记》三分之一的篇幅，至今人们依然津津乐道。阳明先生之于广西，才有两年多时间，之于南宁，更是短短的五个月，但其影响也是不可忽略的。“阳明先生过化之地”虽然只刻在青秀山上，但阳明先生开办书院教化百姓之举，却如一缕春风，永远吹拂在南宁广袤的大地上，澎湃于邕城民众的内心世界里。

青山依旧在，几度夕阳红。如今的青秀山，已与旧时不可同日而语。20世纪80年代中期以来，南宁人不但重修了一些毁于战火及风雨的古迹，恢复其早年的风采，而且开发创建了一批新景点，把青秀山打扮得更加魅力无穷。这里的人工绿化与自然植被浑然一体。以榈科植物为主的棕榈园里，棕榈树伟岸潇洒，枝叶婆娑，摇曳生姿，涌动着浓浓的南国风情；以香花植物为主的香花园里，奇花异草，千姿百态，馥郁芬芳；还有占地几十亩的泼墨如黛的苏铁园，数百亩的郁郁葱葱的雨林大观，浓荫滴翠的环山步道，绿茵茵、碧油油的地衣草坪……这些人工景点与马尾松、小叶榕、巴芒草等自然植被相得益彰，更加强调出青秀山的“青”和“秀”来。

当年的阳明先生，自然不可能看到如今青秀山焕然一新的景况。明朝初年爆发的大藤峡农民大起义，在嘉靖初年仍然如火如荼，其间更换过几任将领征剿均无法征服，阳明先生在解决了思恩府、田州府土酋的骚乱后，于公元 1528 年 7 月率军一度攻破起义军的营地，也算是比较成功的一次征剿了，但也还是无法将其彻底消灭。大藤峡起义居然持续到明朝末年的崇祯朝，这在中国历史上几乎是绝无仅有的。而在大藤峡起义爆发 400 多年后，于清朝咸丰元年（1851 年），同在桂平，又爆发了更为声势浩大的太平天国金田起义，起义军席卷大半个中国，还攻下南京建立了自己的政权。这是人事的巧合，还是历史的必然？阳明先生再怎样学究天人，也不可能窥测玄机了。阳明先生在攻破大藤峡起义军营地后的当年十月，因重病离职还乡，走到江西南安（今大余）时即告病逝。

阳明先生名气大，他的学生还在青秀山崖壁刻上“阳明先生过化之地”八个大字，数百年来不知引来多少人前往瞻仰，人们睹物思人，不时怀想古代先贤对南宁的文明教化之功。但阳明先生对广西虽有影响，其声望似乎不怎么上得去。其中因由，虽不敢妄议推测，却值得后来者深思。

2018 年

“南天一柱”独秀峰

——八桂文化名山寻访之二

南方不少的大山被冠上“南天一柱”的名号，但是真正够得上这称谓的其实不多，而桂林王城的独秀峰，应该是这不多当中最名副其实的一个。“南天一柱”，必须跟人有关，而跟人有关的这一称谓，肯定不是一般的蓑衣小民能够担当得起的。桂林独秀峰所在的地方就是明朝镇守一方的藩王府所在地，当然担当得起“南天一柱”的称谓。其他地方的山峰能有这样的故事和人物吗？

要说桂林王城独秀峰，先得了解王城。王城的准确名称，应该是明朝藩王靖江王府的城池。朱守谦是第一代靖江王，他是明太祖朱元璋的侄孙，其父朱文正是朱元璋长兄朱兴隆的儿子。朱兴隆史称早亡，没什么故事流传，倒是其子朱文正厉害，跟随朱元璋打江山，冲锋陷阵，屡立战功，成为明初名将，尤其在坚守洪都府南昌城与陈友谅60万大军相抗，毫不惧怕，深得朱元璋喜爱，官当到了最高军事领导机构的大都督府的大都督，可惜，后来却因对封赏不满，勾结他人作乱而被罢黜。朱元璋倒还念其功劳，遂将其子朱守谦“育之宫中，教训甚笃”。明洪武三年（1370年）四月分封诸位王子时，还将朱守谦封为靖江王，王府治所就在桂林。靖江王城坐落于桂林市漓江西岸，始建于明洪武五年（1372年），洪武二十五年（1392年）建成，历时20年之久。由于靖江王城地处桂林市中心地区，因而有“阅尽王城知桂林”之说。著名的文化名山独秀峰就在这王城里边。

20世纪70年代末80年代初，我有幸考上广西师范大学，学校本部就在这王城里，我的宿舍又恰好在独秀峰脚下。我们每天都围着独秀峰晨跑，早晚随时可以爬上独秀峰，放眼鸟瞰昔日王府气象；中午走过独秀峰脚下的月牙池廊桥去饭堂吃饭，端着饭碗边吃边走回宿舍，还可以抬头看看独秀峰那陡峭挺拔的雄姿。整整4年时间，我们与独秀峰朝夕相处，那些大大小小的洞穴也钻了不少，只可惜那些有名无名的石刻题字却没记住几个，只有占据半边悬崖的巨幅石刻“紫袍金带”四个字，记忆犹新。这样的经历如果放到现在，不知可以放大多少倍来吹牛。当时我们以读书为第一要务，对什么山呀水呀洞呀不感兴趣，却不知因此也错过了很多赏心悦目的大好景观。

自我们入校时起，就一直听说学校要搬出王城，让这座王府旧址成为完全的风景名胜。但是，近40年过去，我们班同学都有人退休了，我们的母校本部依然稳稳当当地在这王城里。如今，你要来寻找桂林王城，寻找王城里的独秀峰，就会看到，那显赫而繁复的王府拱门，悬挂着著名书法家伍纯道老师题写的“广西师范大学”的牌匾。但凡要走正道，从正门进入王城者，这是必经的门口。当然喜欢走后门的，也可以转到王城的背后，也就是独秀峰北面，那里就有一道后门给你方便，离独秀峰也更近一些。不过，据我观察，虽然走正道要比走后门复杂一些，用时也久一点，但大多数人还是爱走正道，进正门。我想，大家也许就是冲着稳当而心安的感觉去的。跨过了正门这道门楼，就可以直接踏进绿意葱茏的校园林荫大道，其中正对王府大理石台阶的一条青石板路，就是当年王爷们进出王府的专用道，石梯两侧各有一株巨大的桂花树，每到秋天，香飘满园。稍微拐过王府的旁边，独秀峰便完全扑入了你的眼帘。这条青石板路两侧是几个宽大的球场。想想几十年前的读书生涯，我们可以天天在当年只有王爷们才能携着美眷游荡的青石板路旁边打球玩耍，心情自是很爽朗的。

独秀峰山体扁圆，东西宽，端庄雄伟，南北窄，峭拔峻秀，形成旁无坡阜的孤峰。虽然相对高度才有66米，但它以崔巍峥嵘的山势，刀削斧劈般从王府后院平地拔起，巍然独立于月牙池畔，就是倒影在水中的山势也一样的卓尔不凡。每当晴日，或旭日东升，或夕阳西下，满天云霞和落日余晖泼洒在昂然挺立的独秀峰上，远远望去，俨然一位披上紫袍玉带的帝王在指点江山，因而独秀峰又得一美名曰“紫金山”。崖壁上“紫袍金带”的巨幅石刻，其创作灵感应该与此有些关联。

我说独秀峰是广西文化名山，甚至是全国文化名山，自然是有依据的。这些依据大多跟靖江王以外的文化名人有关，跟石刻书法有关，倒是跟一些大官巨僚来此附庸风雅没多少关系，当然，那些能文又能官的人则是例外了。

1500多年前的南朝刘宋时代，曾多次担任光禄大夫的颜延之被贬到桂林（始安）任太守，常偕友人游历桂林山间，吟诗作赋，互相唱和，其中一句“未若独秀者，峨峨郛邑间”，应该是登临独秀峰后而得的佳句。而唐人张固的诗：“孤峰不与众山俦，直入青云势未休。会得乾坤融结意，擎天一柱在南州。”更是明明白白地把独秀峰“南天一柱”的独特气势表达了出来。清人袁枚干脆直截了当地把独秀峰作为标题创作了诗歌《题独秀峰诗》：“来龙去脉绝无有，突然一峰插南斗。桂林山形奇八九，独秀峰尤冠其首。”其对独秀峰的歌颂一点都不拐弯抹角。

桂林属于典型喀斯特地貌区，有山必有洞，有洞必神奇。独秀峰虽然孤峰独立，但奇洞也不少，其山脚就有读书岩、太平岩和雪岩三个典型石洞，其中最著名的是东麓的读书岩，它是一个天然石室，大小有10余平方米，屋内有天然石窗、石塌，下有水洞通月牙池。我们在广西师范大学读书时，宿舍的西侧门就正对着这个岩洞的洞口。我们去饭堂吃饭都要走过它的前面，再拐下月牙池的廊桥，但我记忆中，这个巨大的石洞内当时凌乱不堪，没有谁去特别关注它。而颜延之当年在桂林当太守时，府治就在独秀峰的东面，据传他经常到此处读书，所谓读书岩，说的就是他的故事。颜延之在少年时即以喜爱读书和文章冠于当时而出名，后来又成为与陶渊明情谊深厚、与谢灵运齐名的著名诗人。后人总结他在桂林的功德有三：一是给独秀峰命名，二是带动形成桂林人的读书风气，三是成为为官清正廉洁的典范。可能也正因此，唐人郑叔齐在洞中刻下了《新开石室记》，以歌其功颂其德。到宋元祐五年（1090 年），郡太守孙觌又书写“宋颜公读书岩”六个篆字刻于岩口山壁，读书岩便成为后人凭吊怀想而散发思古幽情的所在。

而太平岩，位于读书岩的西面，原名“西岩”，高 2.9 米、宽 4.25 米、长 31.5 米，岩内像一间宽敞的房子，地面十分平整，岩顶垂悬的钟乳石，或似少女鬓发，或似斑斓的龙鳞，或似金光银光的砂石。传说历代的靖江王爷都在此修身养性。

雪岩则在独秀峰之北麓，洞口面向月牙池，高约 3 米、宽 5.6 米、深 32 米，洞壁呈白色，所悬钟乳石洁白如雪，因此为名。雪岩附近有泉，名“廉泉”，亦名“独秀”，明靖江王因泉凿地为池，形似月牙，称之“月牙池”，一直延至今日，但那条路因背着独秀峰，显得有些阴暗，我们读书时很少有人打那儿走过。倒是月牙池上曲栏回廊，池中央有一亭子，池畔杨柳依依，我们班同学每走过曲廊，大家都爱在亭内石凳坐上一坐。当时就觉得这月牙池好，而那三个岩洞没什么稀奇。

独秀峰峰顶是观赏桂林全城景色的好去处，自古以来为名士所向往。但要登独秀峰，只有西南麓的登山石阶可上，

306级的石磴道，直上峰顶，如珠链串接起一路风光。明朝时期，由于此山在王府城内，城内所有风景自是为王家所独有，他人难以接近，就算名气大如徐霞客先生，也在第一道山门即“允升门”处，即被守备森严的王府兵卫连续五次阻拦而未能登上独秀峰。徐霞客先生属于有些硬气的知识分子，不肯低就权贵和求那看家护院之人，否则他略微打点一下，应该是可以上得到山顶的。遗憾之下的徐霞客先生只好在峰脚盘桓，游览了西岩和月牙池，时间是“丁丑年（1637年）五月初四日”。如果徐霞客先生能登上峰顶，一路看到“天下独秀”“昆仑柱立”“中天砥枝”“拔地参天”“一蹴穿云”等处风光，不知《徐霞客游记》里还要增加多少篇幅啊！

在独秀峰顶上的独秀亭，已是高踞悬崖之巅。登临四望，仿佛云生足下，星列左右，整个桂林城如诗如画地奔入眼底。远处群峰延绵腾绕，眼前孤峰错落点缀，百里漓江由北向南穿城而过，宛如浑厚、持久、深远的浩荡文脉，永远蓬勃在桂林的一方山水间。

如今，拉名人做宣传推广已成为各个旅游景点的惯常手法，其中最受欢迎的人物，当属大旅行家徐霞客先生，好在徐先生当年脚程厉害，几乎走遍我国大好河山，很多地方都可以找到徐先生当年的蛛丝马迹来作为噱头。唯独“南天一柱”的桂林独秀峰，徐霞客先生在桂林游荡一月有余，仍未能登上峰顶。这一遗憾，叫今天那些书写独秀峰宣传册的人捶胸顿足不已。

2018年

亦文亦政叠彩山

——八桂文化名山寻访之三

在广西，如果要问哪一座文化名山名人踏足留迹最多，大家首先想到的肯定是桂林叠彩山。而我还认为，桂林叠彩山不仅是文化名山，同时还是一座政治名山。亦文亦政，仿佛一阴一阳，一软一硬，这样的名山，自然有些与众不同。

既然涉及政治这一重要字眼，文化当然要让一让。历朝历代，政治永远是第一位的。所以我先给大家说说叠彩山到底跟政治有什么关联。所谓政治，自从在大学学习一直到现在，也算涉足了几十年，本人愚钝，还是不甚明白其中奥妙。凭直觉，凡是跟当官有关的人和事，都可以称之为政治。以此推而广之，政治名山，当然是说这山跟政治人物和他的事有关。

桂林叠彩山跟什么样的政治人物有关？说出来，老人家们也许没多少感觉，而年轻人则可能有些惊讶甚至惊吓。这些人物，就有康有为、孙中山、宋庆龄、朱德、徐特立、陈毅、邓小平等，另外还有不少的外国领导人。放眼神州，有几座名山能得到这么多大人物踏足登临的？

但凡政治人物登临大山或畅游江海，一般都是在他们的政治生涯比较顺当的时候。这也符合规律，政治人物，多半是在说得上话的时候才能深入基层，体察民情，并顺便指点一下江山的。如果像某一个历史时期那样，动不动就莫名其妙被靠边站，甚至被人家打倒在地“永世不得翻身”，那样的政治人物还能玩得起“仁者乐山、智者乐水”的风雅，我也算服了。事实上，这样的人物基本没有。

桂林叠彩山上春风得意的政治诗歌，当首选徐特立和朱德的唱和诗。两老正是在老怀大畅的晚年登上叠彩山的。1963 年 1 月，86 岁的徐特立和年近 80 的朱德元帅同登叠彩山明月峰。大家都知道，两位革命老人、建国元勋，从清朝统治下走出来，走过长征，历经战火，能看到新中国成立，看到“中国人民站起来了”，看到社会主义江山红红火火，虽然年纪很大，但心情肯定很爽朗。两老本来就擅长写诗，他们上得明月峰来，诗情勃发，作诗唱和。朱德说：“徐老老英雄，同上明月峰；登高不用杖，脱帽喜东风。”徐老立即答道：“朱总更英雄，同行先登峰；拿云亭上望，漓水来春风。”这两首充满昂扬朝气和革命豪情的诗歌，已刻在叠彩山明月峰的山顶。

以同样爽朗的心情登上叠彩山的，还有元帅外交家陈毅。在徐特立和朱德登临叠彩山后约 1 个月，1963 年 2 月，时任国务院副总理兼外交部长的陈毅元帅陪同柬埔寨国王诺罗敦•西哈努克登临叠彩山。陈毅元帅作律诗的厉害大家都领教过的，特别是《梅岭三章》，那句“断头今日意如何”，那句“此去泉台招旧部”，那句“此头应向国门悬”，还有那句“捷报飞来当纸钱”，陈毅元帅那万丈豪情，那生死等闲事耳的气度，谁不深深折服！此时陈毅元帅在叠彩山也有诗作，一句“愿作桂林人，不愿作神仙”，又是倾倒无数世人，现在还刻在“清凉世界”景点的风洞洞口崖壁上。

而 1922 年孙中山北伐住在桂林，也曾与夫人宋庆龄到叠彩山合影，但好像没流传他们有什么诗词唱和和题字留念。也许，孙先生是大革命家，来此合影留念其政治象征意义更大于登山观景，而且此时又正值北伐，战事未卜，革命尚未成功，孙先生自然忧国忧民，哪有什么心思玩诗词风雅。

到过叠彩山的政治人物当中，我觉得康有为是比较有趣的一个。此公一直被议论不少，也不在乎多我一人的说词。康先生虽然也会吟诗作赋，书法也算了得，但他最爱玩的还是政治。后来的权威工具书上都说他是中国晚清时期重要的政治家、思想家、教育家、改良家、社会活动家。我猜想，如果康先生突然醒过来看到这一大堆头衔，最让他感叹“深得我心”的肯定是第一个：政治家。我们稍微看一下他的履历就知道我的猜想没有错。他第一次去北京参加乡试（乡试不在乡里搞，而要到帝都来做，我还没弄清楚这是为什么），不是好好阅卷答题，而是趁机给光绪皇帝提什么“变革”的宝贵建议。这显然是超范围答题，直接玩起政治来了。考试如此不专心，结果当然是“挂科”了事。后来就接着玩“公车上书”（注意不是“公车私用”），玩“戊戌变法”，玩“复辟帝制”，跟那个不肯剪长辫子的张勋一起推举溥仪做皇帝，最后也没玩出多大名堂，毕竟历史已经不给他当“帝师”的机会了。康先生跟桂林叠彩山有关，是因为他曾两度来桂林讲学，都住在叠彩山的景风阁里。第一次在1894年12月，当时康先生在桂林有一个弟子叫龙泽厚，是桂林本地人，他再三邀请康先生来桂林讲学。此时康先生正为他的著作《新学伪经考》要被人焚烧而苦恼，而且据说还要把他逐出广东。于是康先生应弟子之邀，到桂林来了。虽有弟子相邀又相陪，可当时桂林文界、政界没多少人欢迎康先生的到来。这倒好，康先生被安排在风景秀丽的叠彩山景风阁住下，除了前来听课的学子外，没什么外人前来骚扰，前后共达40天。时隔两年多，1897年2月，康先生第二次来桂林，仍以讲学为名，仍由龙泽厚接待，仍旧住进叠彩山的景风阁。但这次不同了，随着康先生的变法壮举不断失败而名声大振，桂林各界人士热烈欢迎康先生的到来。据说，连大名鼎鼎的“老干部”唐景崧、岑春煊等人，甚至正在主持军政要务的广西臬司蔡希邠，都开始支持康先生。这种欢迎和支持带来的成果之一，就是让康先生能在桂林创办广西圣学会，创办广仁学堂，创办《广仁报》。如今叠彩山景区还竖立一块石碑，上书“康有为讲学处遗址”，旁边还有他的一尊黄铜色全身雕像，一袭长衫加身，左手拿着书卷，右手反背身后，亮亮的额头圆圆的，双眼直视前方。也不知道雕像作者是希望康先生想些什么？是想早年奔走变革的雄姿英发，还是中年逃亡海外的惨淡人生，抑或是晚年反对共和、捣腾复辟的笑话闹剧？

叠彩山被这么多名人登临光顾，首先肯定是它的自然风光迷人。它位于桂林市漓江西岸，山体总占地10.8万平方米，由明月峰、仙鹤峰、四望山、于越山组成，最高的仙鹤峰海拔253.6米。整个山势由西向东，跌宕起伏，嵯峨挺拔。山间古树繁茂，四季常青。每座山峰间均有石阶相接，游人可直登峰顶。据专家考证，构成叠彩山的是3.6亿年前沉积的石灰岩和白云质灰岩，这些石头层层叠叠，五彩缤纷，有些另类。唐代元晦《叠彩山记》称："山以石文横布，彩翠相间，若叠彩然，故以为名。"可见，山名叠彩，自唐朝就有了。又因山上桂树成林，金秋时节满山飘香，叠彩山又被称为"桂山"；又因明月峰山腰有一岩洞，洞中四季生风不息，因而又得名"风洞山"。群峰叠彩翠，一山有三名，这本身就寓意着叠彩山的丰富和不凡。

早在1000多年前的唐代，桂管观察使元晦就对叠彩山进行开发，他筑道路，修亭阁，植花木，叠彩山由此引起人们关注。此后历朝历代都有许多文人墨客、政界要员以及其他社会名流慕名而来，叠彩山遂成为遍布名人足迹、珍藏名人墨宝的政治名山和文化名山。

最能体现叠彩山文化品位的，莫过于那里的摩崖石刻和摩崖造像。有人做过统计，在叠彩山上的摩崖题刻超过200件，摩崖造像达90多尊，主要分布在风洞和仙鹤洞两处。风洞长20米，最高处5米，最宽约9米，最窄处仅容一人通过，形成前后两个洞，南北开敞，呈葫芦状。有资料介绍，风洞由于所处地势高，形成对流，两端过风的断面大，中间小，风速增大，压强减小，风不断补充，一年四季劲风不停，因此，风洞被誉为“清凉世界”。叠彩山上绝大部分摩崖石刻都集中在这里，如唐代元晦的《叠彩山记》和《四望山记》，宋代书法家朱唏颜的《访叠彩岩登越亭》，清代画家李秉绶的《兰竹图》，等等，一时难以胜数。

在石头上题词刻字，以志不朽，似乎是我们国人从古至今的特别爱好。从墓碑上对祖先歌功颂德的碑文，到悬崖上有多大就刻多大的佳言锦语，遍布名山大川。前人这样做，留下了不少文化遗产，自有其珍贵之处。而现在一些地方似乎又悄悄时兴起这玩意来，当领导的是不能捣腾了，一般文化人也捣腾不起，倒是一些企业家，手段颇为高强，对一些旅游景区或长寿胜地里稍微平滑一点的悬崖峭壁“虎视眈眈”，这倒应该引起注意。如今生态建设、绿色发展，已经成为新发展理念，在山崖上题词刻字似乎有些不合时宜了。要是真的技痒难耐，可以搬来一些大石头，摆在山边沟边，爱刻多少就刻多少，只要不占田地、不破坏生态就行。就像南宁的“龙门水都”，沿着一条沟边，排列了大批巨石，上面都是当代文化名流的书法篆刻作品，弥漫着浓浓的文化味，很有观赏价值。要是想学倒可以来看看。

桂林叠彩山政治元素和文化因子交相辉映，无限风光长盛不衰，人们可以凝视山上的一草一木而生发诗情，也可以细细品读山上的一石一字而怀想先贤，甚至可以摸摸一下康先生那光亮浑圆的前额也无妨，但是，唯一要时时警觉的，就是不要一看见石山崖壁就马上手痒起来，非要在那里敲打刻字不可，如今还想那样做，就大煞风景了。

2018 年

西山五绝，以佛圣为盛

——八桂文化名山寻访之四

山风过处，松涛阵阵。广西桂平的西山，满山都是松林，也是满山的松涛。翻看历史，桂平名堂不少。最大的名堂首先是明朝的大藤峡起义，此次大起义就在桂平的大藤峡谷里发生。它大到成为明朝时期广西最大的一次起义，近三百年而不灭，一直如蛆附骨，缠着大明王朝，不死不休；也大到毛主席当年念兹在兹，见到广西的一些领导干部，都要考问一下，知道不知道侯大苟此人，还曾大笔一挥，写过“大藤峡”三个大字。

接下来的大名堂，就是大家都知道的洪秀全金田大起义。

洪秀全“高考挂科”，也懒得补习再考了，跑到广西桂平来发脾气，冲天一怒，披头散发，找来一帮人，拿着长矛大刀，跟拿着公章但整天逗鸟斗蟋蟀的一帮留长辫子的八旗子弟干起仗来，最后居然还真让他攻下南京，过上了几年的皇帝瘾。“没有文化的军队是愚蠢的军队，而愚蠢的军队是不可能战胜敌人的。”诚哉斯言！一个“高考”落榜生，政治水平、文化水平当然高不到哪里去。太平军才进南京，洪秀全其他方面不知学得怎样，但这皇帝倒是学得很快，立马搞起三宫六院，也玩起“从此君王不早朝”了。就这点眼界，这太平天国的江山自然坐不长久，不过十来年，这帮披头散发的“长毛”就做鸟兽散了。江山重归安静。

说到西山，就要说到桂平，说到桂平，这是不能不先跟诸位交代一下的两件大事，虽跟文化无关，却也有些趣味。

桂平西山，是我国著名的佛教名山之一，也是全国七个西山中的一个，又称“思灵山”，因在桂平市城西而得名，素以“林秀、石奇、泉甘、茶香、佛圣”等“西山五绝”著称于世，其中又以“佛圣”最负盛名。

林秀。西山属于高丘园林区，丛林如海，林木覆盖率达98%，以松树、榕树、樟树和鱼尾葵为主，人称西山丛林“四大家族”。西山上树龄达两三百年的古松、古榕、古樟，有超 500 株之多。比如高大的龙磷松，树皮圆若铜钱，坚硬如铁，是西山特有的树种。还有千年石顶榕，是生长在巨石顶上的一棵榕树，直径达 2 米多，盘根错节，呈龙盘虎踞之状。尤其在洗石庵右侧，几株罕见的光叶合欢树，树拔参天，风姿绰约，游人都想跟它们合影。

石奇。西山怪石嶙峋，形态各异，有如猛虎下山，有如雄狮奋立，有似大象静卧，有似奔马嘶鸣。资料显示，西山上的石头属于黑云母花岗岩，形成于距今约 1.8 亿年的中生代早期，具有“粗莽唐突”的特色。因此，西山上的石头千奇百怪，各有妙趣，那真是大自然的鬼斧神工做出来的。

泉甘。西山有乳泉、天泉、鼎泉、康济泉、灵泉等，其中以乳泉名气最大。乳泉又称“圣泉”，是一眼宽深各约 1 米的古泉，冬不竭，夏不溢，常年保持一定的水位和不变的水温。《浔州府志》载，此泉清冽如杭州之龙井，而甘美过之，时有汁喷出，白如乳，故名“乳泉”，是全国二十大趣泉之一。当地人称，用乳泉水泡的茶特别香，用乳泉水酿的酒特别醇。当地确产一种乳泉酒，百度一查，立即显示其品牌、名称，有直接叫乳泉酒的，有叫乳泉井的，有叫乳泉井酒的，还有叫乳泉井特曲的；其款式、形状，有长脖大肚型，有两耳垂肩型，有棱腰细脖型，还有圆身短脖型。但无论何种品牌何种款式，基本上是白色的瓶子。隐约还记得，我多年前亲眼见过一款，形如细腿丰胸的古瓷瓶，瓶上“乳泉”两个字，色红，像浮在白云上的两朵红云。

茶香。西山雨量充沛，阳光充足，早在唐代便开始在山上种植茶树。到了明代，西山茶已在粤、桂、湘等地享有盛誉。西山茶，又名“乳泉春”“棋盘仙茗”。民国《桂平县志》记载：“西山茶，出自西山棋盘石乳泉井观音岩下……连泡数趟，逮浓不减，杭州龙井未能逮也。”讲到这里，犹豫好久，还是穿插上我本人的一段经历。就是 1982 年我在广西师范大学读大学四年级时，学校安排我们班到桂平、贵港两个地方实习。当时这两个地方平级，都是县级，贵港还不叫贵港而是叫贵县。现在变了，贵县升格为地级市，名字也改为贵港，桂平成为它的隶属之地了。某一个星期天，老师带我们去西山玩，联系上那里的洗石庵，我们几个学生居然能进入释宽能法师的经堂，跟法师见面，她跟我们几个学生一一握手，还泡西山茶给我们喝。当年法师已是 87 岁高龄，当时她应该跟我们说过一些话的，但我年纪尚小，已记不住当时的情景了，唯一留下深刻印象的，就是感觉这么大年纪的人，怎么脸色还是那样白净，看不见皱纹。我更是不知道喝茶，喝了也不知道什么味道。当然像我这样的经历是不值得一提的。还是应该讲典型环境的典型人物为好。20 世纪 60 年代，释宽能法师曾三次将西山茶敬送毛主席。毛主席托中央办公厅三次致函感谢并鼓励："不断提高产量和质量。"一直传为佳话。1982 年，西山茶被评为全国三十种名茶之一。

佛圣。西山被誉为岭南佛教圣地，主要是因为这里有龙华寺，有洗石庵，有释宽能法师，当然还有一个不能忽略，就是广西佛教协会的牌匾也挂在这里。

龙华寺始建于宋朝，历史上几经重修，现在看到的是 1990 年重修的"版本"。殿阁巍峨，宝像庄严。殿额为中国佛教协会前会长赵朴初所书。当代有名的巨赞法师和觉光法师，都曾在该寺主持过佛事。1990 年龙华寺重修开光法会，觉光法师不辞年高，前来主持开光仪式，并赠佛祖像一尊。

洗石庵又名"下寺"，建于清顺治三年（1646 年），1978 年再度重修，1983 年列为全国重点寺观，中殿有赵朴初题联："自知心是佛，常以戒为师。"前座"洗石庵"门额，为清嘉庆拔贡（明清科举制度，由各省学政选拔文行兼优的生员，贡入朝廷，称为“拔贡生”，简称“拔贡”）、桂平人岑昆所书。凡到洗石庵，都想仔细品味孙中山先生的秘书邹鲁于20世纪30年代写的长联，该联就挂在庵内：

苍梧偏东，邕宁偏南，桂林偏北，惟此地前列平原，后横峻岭，左黔右郁，汇交廿四江河，灵气集中枢，人挺英才天设险；

洗石有庵，乳泉有亭，吏隐有洞，最妙处茶称老树，椰纪半青，文阁慈岩，掩映十八罗汉，游踪来绝顶，眼低层塔足凌云。

说西山以“佛圣”最负盛名，大家所指的就是释宽能法师——洗石庵最有名望的住持。释宽能法师俗名龙六纬，生于1895年，1989年圆寂，祖籍桂林市临桂县（现临桂区）。青年时曾在北京读大学，后从事过教育。1920年开始钻研佛学，1923年在上海玉佛寺出家，先后拜印光、圆瑛法师为师。1947年到广东曲江县南华寺受具足戒，戒师虚云和尚赐名释宽能，并将云门宗法脉传给她，是为云门宗第十三代，法号妙虚。释宽能法师精通佛学，著有《三乘教义》一书。1949年，应桂平佛教界邀请，释宽能法师到桂平西山洗石庵任住持，直到1989年9月圆寂，达40年之久。她带领住庵比丘尼钻研佛学，严守戒规，开展日常佛事活动的同时，还开发宗教用品、素餐、食品、旅游工艺品、茶叶种植加工等服务项目，以寺养寺，在佛教界名望很高。关于释宽能法师，佛教界内的人士知道她很多事，但佛教界以外的人最津津乐道的，还是前面所讲的她三次给毛主席敬送西山茶的故事。

桂平西山是文化名山，又是佛教圣地，自然吸引诸多大人物登临。这些人物中最著名的当属孙中山和李宗仁，一个当过大总统，一个当过代总统，都是民国时期的巅峰级人物，西山也算荣幸之至了。孙先生是1921年秋在广州就任非常大总统之后不久巡视广西，想跟当时广西主政者共商北伐大计，途经桂平，顺便登岸做西山一日游，随员有胡汉民、陈少白等显赫一时的人物。而李宗仁是广西本地人，出生在桂林临桂，出名却是在玉林，当时桂平归玉林管辖，西山自然也属玉林名下，他到西山来是有故事的。只不过，本文既然着重谈西山的“佛圣”，这些舞枪弄棍的人物，开头已经很不好意思地说到了侯大苟和洪秀全，结尾最好就不要再说了。

2018年

伏波山名，与将军何涉

——八桂文化名山寻访之五

文化，都是温文尔雅的。谈文化名山，我们最喜欢想象的情景是，几个文人佳公子，人人手上拿着一把扇，不管有用没用，边走边摇，边游山玩水边吟诗作赋，山路旁还有几只彩蝶翩翩跟随。

然而，只要我们稍加留意，这些文化名山，其实也有策马挽弓的激烈场面出现。桂林伏波山，它的名字就与汉代名将马援将军的封号相同，而马援将军也确实有不少猛烈的传说故事与伏波山有关。于是，搞不清来龙去脉的人，还真以为伏波山是用了马援将军的封号而起的名字。温文尔雅与赳赵武夫，在这里如影随形，相连相依。

伏波山名称的来历，其实跟伏波将军马援没有什么关联。至少，我看到的资料就是这样的。位于叠彩山以南1公里处的伏波山，孤峰突起，半枕陆地，半插漓江。临江的一面，壁立千仞，滔滔漓江流经此地，突然被伸出的山体阻挡，形成巨大的回流，古人取其“麓遏澜洄”、制伏波涛之意，遂称其为“伏波山”。

不过，资料归资料，大多的普通人最感兴趣的不是这些故纸上的东西，而是那些坊间的种种传说，如果这些传说又带点传奇色彩，那就更加津津有味了。因此，这些资料的记载，一点也不影响伏波山与马援将军之间的种种传说与附会。

首先是伏波山还珠洞内的一处观景点——石柱相接处有一似为利剑所断之石，人称“剑断石”。这里的传说就是：汉代时候，南方一小国屡侵边关，老将军马援奉命征讨，统率大军来到桂林。该国国王急派使臣到桂林打探虚实。伏波将军以礼相迎，还陪其游山玩水。使臣见伏波将军银发白须，年近古稀，没怎么把他放在眼里。待走到伏波山下的还珠洞内，老将军忽然抽出宝剑，一剑就把石柱齐根斩断了。使臣吓得直冒冷汗，最后决意和伏波将军议和。伏波将军所斩断的，就是这块悬垂至今的试剑石。还有传说，为了进一步吓唬这位使臣，伏波将军便引他登上了伏波山顶。站在山顶，迎着烈风，只见伏波将军也没怎么作势，拉弓搭箭，一箭就射穿了三座大山。我想，这样的阵势，肯定是把这小国的使臣吓晕了。

对传说的东西，我们姑且听之，而历史的记载却需要认真看看。东汉建武十七年（41 年），东汉光武帝刘秀派伏波将军马援南征交趾，到建武十九年（43 年），即获全胜。由于马援此战有功，后人怀念马援，就在桂林伏波山上建祠塑像。建武二十四年（48 年），南方的五溪部族（大概在今湖南、贵州交界处）骚扰汉朝边界，还打到了湖南的临沅县。光武帝两次派兵征讨，都没打赢。马援主动请缨。光武帝对年老的伏波将军能否继续征战持怀疑态度："将军老了，还是别去了吧！"可是马援不服老，就在殿前穿上铠甲，跨上战马，雄赳赳地来回跑了一圈。光武帝不禁赞叹说："好硬朗的老家伙啊！"光武帝的原话是"矍铄哉，是翁也"。于是就派他带领 4 万人马去攻打五溪部族。果然，皇帝的怀疑是有道理的。这一次伏波将军就没打赢，而且还惹了一身骚，被人向皇帝告了黑状，说他不仅此仗没打赢，前次征讨交趾时还搞了一车的合浦珍珠回家受用了（成语"薏苡明珠"的来历就是这样说他的）。其实，他因为长年在南方打仗，患上风湿，只不过拿了几袋薏仁回家治治风湿病而已。但最终他还是毫无悬念地被这一纸黑状彻底"打倒"在地。直到他死后 27 年才得以平反。

伏波山上有关伏波将军的事情大家都比较熟悉，而另一位将军的故事大家听到的可能就不多了。这位将军名叫孔有德。

要说孔有德，得先说伏波山还珠洞口一侧的钟亭。这里，存放着一座大铁钟，重达 2500 多公斤，在回廊中还存放着一口可供千人吃饭的千人锅。这两样宝贝原为定粤寺遗物。所谓定粤寺，就是明末清初明朝将领孔有德投降清军后，带领清军南下平定粤西，被封为“定南王”，其手下一批群僚给他修建的寺庙。孔有德死后十几年，他的女儿孔四贞及女婿孙延龄重修定粤寺时，铸造了这个大铁钟和千人锅，以宣扬孔有德的战功。定粤寺原址在桂林叠彩山下，抗战期间寺毁，人们遂将大铁钟和千人锅迁移至伏波山。

虽然有这两个巨大的铁疙瘩做证，但人们对孔有德的那些所谓战功却不怎么当回事。这里的原因，依我看是跟孔有德的“作贼一生”有关。

孔有德，1602年生于东北铁岭，矿工出身。史书称其“长于弓马，不识字”，那就是一个文盲了。家乡被后金军队占领后，不到20岁的孔有德投奔毛文龙。毛文龙何许人也？驻守辽东皮岛的一员明朝悍将，向不服人。这个小岛位置特殊，是明朝牵制后金军队的主要后方基地。毛文龙人因岛贵，更加狂妄自大，对文官出身的督师袁崇焕也不怎么放在眼里，最后袁崇焕忍无可忍，放出手段，将之斩杀。袁崇焕没得皇帝批准，就杀了毛文龙，已成为历史公案，他后来的死罪之一就是擅杀大将，而且死得比毛文龙还要惨。这里的曲折离奇我就不说了。孔有德就是毛文龙手下亲信大将之一，“骁勇善斗，临阵先登，为诸将冠”，毛文龙非常喜欢他，喜欢到收他为养孙的程度，他本人也端的了得，以军功而升为参将，列入中高级军官行列。正因如此，他对袁崇焕斩杀毛文龙，大为不满。后来，由不满发展到作乱，再后来就投奔了皇太极，留起长辫子，成为清朝军队的马前卒。史书记载，明崇祯六年（1633年）四月，孔有德率一万多人投奔皇太极时，由于带来后金急需的水军舰队、红衣（夷）大炮及匠人，皇太极很是高兴，亲率各位贝勒出盛京十里迎接，并使用女真人最隆重的“抱见礼”相待。崇祯九年（1636年）清朝立国之时，孔有德被封为恭顺王，后改为定南王，与封为智顺王、后改平南王的尚可喜，封为怀顺王、后改靖南王的耿精忠等合称为“三顺王”。孔有德之所以被封王，自是跟他甘愿充当清军先锋官有关。

对孔有德这样一个人，到底该怎么看？如果跟着明朝来看，孔有德是一个不忠不义之人，是投降派，是人人得而诛之的叛臣贼子；但是如果跟着清朝来看，他又是弃暗投明的人，是大功臣，是忠臣良将。其实，我们既不是明朝的人，也不是清朝的人，都不好把自己摆到这两个行列里去，自然不能用“杀身成仁、舍生取义”“宁为玉碎、不为瓦全”来要求他，也不能用“良禽择木而栖，贤臣择主而事”“识时务者为俊杰”来为他的行为解脱，思来想去，我突然想到“反骨仔”这词应该比较适合他。

历史上，“反骨仔”没几个有好下场。顺治初年，孔有德受命率军进攻明朝的残存势力南明永历政权。当时南明军队还占据云、贵、川以及湖南、广西部分地方。开始倒很顺利，他迅速攻破桂林，俘虏并杀掉南明重臣张同敞、瞿式耜及靖江王朱亨歅等，耀武扬威地住进了靖江王府，并改为定南王府，似乎一切都顺风顺水。但谁也没有想到，不到两年，已经快要断气的南明永历政权突然回光返照地生猛一次。清顺治九年（1652年），南明西宁王李定国收拢起数万大军占领了湖南并南下广西，直扑桂林。六月，大败孔有德于兴安县严关，孔狼狈逃回桂林城。李定国乘胜围攻，激战中孔有德头部中箭，他自知难活，就在王府纵火，自刎而死。据说，死前，他对儿子有交代："苟得免，度为沙弥。勿效乃父作贼一生，下场乃有今日耳。"他这番话我有点怀疑不是原话，300 多年前的文盲，平时怎么讲话我们已经无从知晓了，但文盲应该不会说得了"苟""乃父"这么文绉绉的字眼，不过他总结自己"作贼一生"，应该是真的，而且恰如其分。

虽有伏波将军和孔有德两个武将的故事掺和其间，桂林伏波山依然还是以文化出名。它的人文内涵，主要包括摩崖石刻和佛像。现存唐代至清代古诗文书画摩崖石刻就有 108 件，其中宋代 62 件。佛像主要集中在还珠洞和千佛岩中，而千佛岩的佛像，有许多尚未成形，能辨认成形的有 239 尊，加上尚未成形的总共有 400 余尊之多。这个数量是相当惊人的。

都说伏波山上最珍贵、最有价值的是北宋书画名家米芾的一幅自画像石刻，据说还是全国唯一的。凡是"全国唯一"的东西，都是很厉害的宝贝。我想，如果要谈论米芾这幅自画像，首先要涉及宋高宗和他的题词，还要涉及米芾儿子米友仁和米芾孙子米秀实，还要涉及方信孺、潘景纯等人。其中特别要阐述清楚的是，宋高宗的题词是不是真的？为什么要给米芾题词？题词内容是什么？题词是怎么送来的？送到桂林的时候当地有什么热烈反响？又是谁把它跟米芾自画像刻在一起的？刻上去以后产生什么重要作用？如此这般一大堆事情，统统需要写明白，那我这篇文章就太长了。好在围绕这幅自画像的资料已经很多，大家一查即知，这里就不再啰唆了。

伏波山公园前有一广场，广场上是一座古代将军雕像，马上的将军，挽弓搭箭，雄姿英发，胯下战马，奔腾咆哮，但你不要误以为这是那个“反骨仔”孔有德的形象，不是，这尊雕像是伏波将军马援的。一查百度，一首《七绝·题桂林伏波山马援像》立即弹跳出来：“镇南关外起烽烟，靖乱雄师出铁拳。一箭收疆千百里，伏波山下听弓弦。”我虽不知作者是谁，因感觉是好诗，就谨录在此，以增加我这篇文章的文化意味，如果作者看到了，也请自动“弹跳”出来，与我联系，以便致谢。

我在八桂文化名山寻访之二的《“南天一柱”独秀峰》里说过：“如今，拉名人做宣传推广已成为各个旅游景点的惯常手法，其中最受欢迎的人物，当属大旅行家徐霞客先生……”其实，实在找不到徐霞客先生的相关资料也不要紧，毕竟，全国只有一位徐霞客，他也不可能凡有风景名胜全都到过。中华上下五千年，文臣武将一大把，文的没有，武的也行，就像这伏波山，大门广场上那一尊伏波将军的雕像，咆哮奔驰、跃马挽弓的模样，也是够吸引人的。文化名山伏波山因与勇武的马援将军联系在一起，也就多了几分荡气回肠的英雄气概，越发让人缅怀和向往。

2018 年

我携春色上山来

——八桂文化名山寻访之六

本来是打算写完十几座文化名山之后，再回过头拾遗捡漏，看看哪座山里还有什么人或事值得再写的。但写完“之五”以后，南宁青秀山上有一个人老是在脑海里反复出现，怎样拒绝他都没用，最后我只好妥协，掉过头来先把他写了。

这个人就是董传策。在八桂文化名山寻访之一的《青秀山：阳明先生过化之地》里，我只简单说了他几句，说他曾跟奸相严嵩相斗，说他骨头硬，被打入大牢备受酷刑而不屈，说他被贬到南宁，一待就是9年之久，说他经常登临青秀山，曾写过《青山歌》和《青秀山记》，最后说他给青秀山定了调：

“山不高而秀，水不深而清。”

这些都没有错。但他的故事远比这简单的几句话精彩多了。大家最想知道的，可能就是他在刑部里当一个相当于司局级别的主事，天天上朝能见到皇帝，见到首辅大臣，见到各位尚书、侍郎，见到朝廷会议的种种波澜起伏，见到各种惊心动魄的你争我斗，回来跟亲戚朋友喝酒吹牛，有多少猛料可以吹呀！好端端的，为什么被贬到南宁来？

其实，董传策上书举报严嵩最后被贬，这事被搞得那么大，完全是偶然的。当年，严嵩深受嘉靖皇帝的信任，担任了内阁首辅、太子太师，这相当于宰相的职位，一人之下，万人之上。他在这个位置上一干就是20年，所以，他有时间、有权力、有机会结党营私，而且确实搞得很过分，排除异己，操纵国事，还私吞军饷，这简直就是典型的政治腐败与经济贪婪高度结合的大案要案。但他深得皇帝信任，又还在台上，大权在握，气焰嚣张，别人拿他也没法。大胆一点的也只有敢怒敢恨而不敢言；胆小的遑论敢言，就是心里一丝一毫的怨恨都不敢存有！

不过，凡事都有例外，清正刚烈的董传策就不信这个邪。这个董传策为什么胆子这么大，敢招惹严嵩？我推测一下，除了性格刚烈之外，跟年龄也有些关系。他那年28岁，算虚岁也才29，都做到刑部主事了，正是年轻气盛、容易激动而且最想有所作为的年龄段。他实在看不下严嵩把持了朝政走向，就向皇帝上疏弹劾严嵩，列举了严嵩六大罪状。巧的是，这一天他的同僚张翀、吴时来也分别上奏告严嵩的状。

这下惹的麻烦就大了。你再怎么说这是巧合，不是三人事先合谋的统一行动，就算满朝文武都信，皇帝怎么都不会信；就算皇帝信，严嵩打死他也不会信：世上哪有这么巧的事啊！结果，自然是龙颜大怒。其实是严嵩先怒，而他知道自己的怒用处有限，又去煽起龙颜的怒。

这招一般都比较灵。凡是在皇帝身边做事的都知道，都是发火，皇帝发火，跟一般人发火是有本质区别的。“一言兴邦，一言丧邦”，皇帝的发火影响太大，所以，没特殊情况大家都不会轻易去惹皇帝发火。明史里记载董传策他们惹得嘉靖皇帝发火了——“上怒”，于是就被抓进大牢，即“下诏狱”。明朝锦衣卫如何对待犯事的官员，我们只能从电视剧里大概知道一些，却不知其真假。而史书是如此记载的，“三人被讯惨毒”，还要追问主谋是谁。但是，骨头硬的人也有好处，据说这三人“终不变”，都一口咬定没有谁指使他们这么干，是严嵩搞得天怒人怨，上天指使他们举报的。

自古以来，“天”是很有权威的，谁都不敢去“犯天条”。嘉靖皇帝对天也很敬畏，董传策他们把“天”抬了出来，“朕”也就不敢造次了，而他们的罪行也确实不够杀头，最后，就把这三个倒霉蛋统统贬到地方去了事。这样，董传策就被贬到了广西南宁，张翀被贬去贵州都匀，吴时来被贬到广西横州。横州即现在广西横县，离南宁不远，结果，董、吴这两个“友仔”以后就经常互相走访、饮酒作诗。

为了搞清楚董传策是被怎么个“贬”法，我费了不少时间翻查资料，多方求证，最后才搞清，对董传策他们的处置措施是“谪戍”。其释义是：古代官吏或人民因触犯法律被流放到边远地区承担防守任务。戍：守卫边疆。所以，有些书又说他们是被发配充军，也不错。不过，董传策的行政级别怎么处理，史料没见记载。

都知道封建统治专制专横，特别是明朝晚期，锦衣卫遍地横行，政治不明。但我却有一事不甚明了，董传策和张翀、吴时来这三个“触犯律法”的“犯罪官员”被发配边疆，却还能一路同车同船同吃同住，更有甚者，还能邀约当地好友一起游山玩水、饮酒作诗，这是不是跟他们的行政级别还没被完全解除有关呢？

广西大学硕士研究生覃佳的论文里就是这样介绍的：“董传策于 1558 年被贬谪戍南宁，当年中秋时分到达桂林全州，作《中秋全州》《全州大雨》两首诗记之。”董传策与好友结伴“将桂林伏波岩（即伏波山）、隐山、风洞岩（即叠彩山）、独秀峰、七星岩，水月洞等景点一一游览，并作《游桂林诸洞岩记》一文”。而另有一篇文章是说他们三人结伴南下，在中秋节时到达桂林全州后分手。如果属实，这三个人至少从北京一路同行到达桂林全州，至于是不是一起畅游桂林山水，没见记载，但董传策邀约当地友人一起对桂林山水“一一游览”那是真有其事的。如此说来，当时的明朝对触犯律法的官员也还不算管得太紧。

史书记载，董传策谪戍南宁达 9 年多时间。时间是从 1558 年到 1567 年。这期间，他应该还没有被开除工作，按说他的工作是协助防守边疆的，但具体做什么事务，翻遍史书，都语焉不详，只有《南宁市志》的记载，以及覃佳和曾欢欢等学人的少许文章有所考证，但这些书文的内容大抵相同，都是这个说法：董传策在南宁约 10 年，经常登临青秀山。并都以诗为证：他在广西期间写作的诗歌达到 850 篇，其中写山水田园的约有 200 篇，而诗歌题目含有“青山”二字或内容涉及南宁青秀山的诗和文有 50 余篇；也有人考证他真正写青秀山的作品共有 38 篇，其中诗 35 篇、文 3 篇。他还以“青山之主”自居，详细考察青秀山上的各个景点，并一一给予命名，总共有 21 处之多。

说实话，我虽在南宁工作达 35 年之久，比董主事在南宁工作时间长多了，但这 21 处景点，我也确实还没一一找到，这 21 处景点的名称我是从《南宁市志》的记载里细数出来的。这些景点的某些名称至今还在使用，如“董泉亭”“白云精舍”“天池”等。他写青秀山的某些诗篇也还是脍炙人口、流传后代的，如《游白云精舍四首》《登青山绝顶》《青山构白云精舍》《青山歌》等，尤其是《青山歌》，覃佳点评“全诗两句一韵，变韵 16 次，以富有节奏感的韵脚变化颇有气势地将青秀山丰富多姿的景色呈现出来”，名句如“波光万顷盘蛇城”“蛟龙怒吼凌长空”。而我还觉得，董传策这首《青山歌》不像其他一些人故弄玄虚，把诗歌写得只有自己看得懂，他这首诗带有口语诗的味道，很接地气，如“青山四时常不老，游子天涯觉春好；我携春色上山来，山花片片迎春开”等，就属于我等小民百姓也读得下去的通俗易懂之作。在董传策诸多青秀山诗歌中，除了《青山歌》，我比较喜欢的还有这一首《山中酌客》：海内交游此聚颜，江风飕飕散人寰。壮心漂泊还弹铗，春事萧条且看山。草树半天家独远，烽烟双眼世谁闲。莫将逆旅成惆怅，诗兴时时露一班。

由此可见，董传策在谪戍南宁期间，心态不错，没有因此患上自闭症、抑郁症或怨天尤人症甚至自行了断。有史书记载，他“处之泰然，授徒青山，日与士人谈艺文，而亦间与衲子谈佛”。看来，读书人毕竟还是读书人，何况还出版了《采薇集》《幽贞集》《邕歙集》三部诗集，这位董主事确有其文化自信之处和精神支撑之处。

我猜想，当时青秀山估计也还没成为著名旅游景区，不然，他一个犯事充军发配边疆的小官，要是这么常常跑去著名旅游景区玩耍，估计不太合适。而且，他竟然还经常跟犯同一种罪的吴时来来来往往、喝酒赋诗，《广西通志》就有记载，“传策戍南宁，间过横（州），访时来，邕、横人士多从之学”。更有甚者，三部诗集中提到吴时来的诗就有近50首之多，但最后没有因此被查处。一直等到新皇帝登基，大赦天下，得以返京复职。这是值得庆幸的。要是没有比较坚强的心理素质和某种定力，他肯定吃不消。单凭这一条，我就佩服他。

凡是清正刚烈之人，从军从政为将为官好确实是好，打仗可以安排做先锋官，冲锋陷阵，披荆斩棘，一般没有问题；遇到重大疑难险重之事，也尽管交付给他，他也会大刀阔斧，赴汤蹈火，一一攻坚克难，给你做得妥妥帖帖。不过，这种个性的人，一般也是待人苛责之人，缺乏宽厚仁慈之心，凡事以我为主，容不得不同意见和看法，容易引起众怒。董传策的最后结局就印证了我的这个说法。

明嘉靖四十五年（1566年），晚年喜欢服用丹药以为能长生不老的嘉靖皇帝，刚刚60岁即告驾崩，其子穆宗即位，遵照嘉靖遗命，把那些爱上疏建议国事而被贬、被关的谏官统统官复原职，于是，以海瑞为首的一大帮谏臣都得以官复原职了，自然，董传策也不例外。明隆庆元年（1567年），董传策奉诏离开南宁，离开他留恋不舍的青秀山，回京复职去了。此后，董传策的官做得顺风顺水，一路提拔，当到南京工部右侍郎以后，又换岗到南京礼部右侍郎的岗位上。

这里得穿插一下。明朝官制有些特别，自明成祖朱棣率兵夺了侄子的皇位后，把首都迁到北京。但南京毕竟是自己老爹朱元璋建国的首都，他在南京也保留了一套中央管理机构，名称和级别跟北京的一致。所以，董传策的南京工部、礼部右侍郎，是相当于如今的副部级的高官了。后来，董传策不知又犯了什么事，被罢官放回了家乡。明万历七年（1579年）五月，已经没有了官职的董传策，因苛责仆人引起众怒，被仆人所杀，《明史·董传策传》的原文是这样说的："绳下过急，竟为家奴所害。"结束了他50年跌宕起伏的一生。

可能是做官动嘴皮子惯了，没意识到罢官归乡就是打回原形，现在又变为了平民一个，再也不能像担任高官那样对下人呼来喝去了，结果造成"窝里反"，被手底下的人"收拾"。这也给我们一个提醒，为人处世，待人接物，不要过于严苛，不要动不动开口就"叼杠"（桂柳话，指责之意）人，还是要记一下这两句话："得容人处且容人""退一步海阔天空"。

这么浅显的处世之道，历尽官场、人生波涛汹涌的董传策难道还不知晓？性格使然而已矣。

2018年

鱼峰山上姐成仙

——八桂文化名山寻访之七

走进八桂大地的诸多文化名山名城名园，要说谁可以为人们所津津乐道，并流传至今，刘三姐肯定算是其中一位。从某种意义上说，大家争说刘三姐的理由很充分，很理所当然。这首先是因为刘三姐是广西本地人，同时她很喜欢唱山歌，而且她唱的都是广西的山歌，另外她是个姑娘，最后一点是她还长得非常漂亮。这五大理由叠加一起，被到处传说那是顺理成章的事了。

我这个说法可不是凭空想象的。十几年前，就有一位名人说过，在广西文化圈里，有一种奇怪现象，就是到处都有刘三姐的家乡，人人都想做刘三姐的亲戚，个个都想打刘三姐的牌子，行行都想靠刘三姐发财，随意编造刘三姐的故事，到处滥用刘三姐的品牌……你看，这不就是证明刘三姐被到处传说的现象吗?

宜州说他们是正宗的刘三姐故乡，罗城说刘三姐就是他们本地人，桂林也认为刘三姐是他们那里的，柳州距离宜州比较近，自然也高举起刘三姐家乡的旗号。还有好多地方，也都纷纷找出刘三姐是他们那里人的种种传说和记录。长期以来，如此众说纷纭，难以定论。

但广西人到底还是够聪明的，争到一定程度，大家感觉这样争抢刘三姐，会给别人看笑话，不知底细的人，还误以为是莫怀仁转世，又找几个摇羽毛扇子的文人一起来争抢刘三姐了呢，所以有人就说，大家莫争了，听我的：刘三姐出生在宜州，成长在罗城，出名在桂林，成仙在柳州。此话走形而上的路数，虚实结合，人人有份，结果皆大欢喜，此后再也不见你争我抢的现象了。

我这里不想玩花开数朵、朵朵芬芳的写作伎俩，拉拉扯扯去谈论其他地方的刘三姐。刘三姐故事那么丰富多彩，分布那么广泛，我小小一篇文章，也顾不过来，还是紧扣文化名山来说事。又是文化，又是名山，又想跟刘三姐搭上界，那就一定是柳州的鱼峰山了。

鱼峰山上姐成仙，
山歌唱下几千年；
如今广西成歌海，
都是三姐亲口传。

柳州鱼峰山，位于柳江南岸的柳州市鱼峰公园内，是柳州最主要的名山之一，自然也是广西文化名山之一。鱼峰山平地崛起，突兀耸秀，海拔 156.3 米，呈东西走向，从山脚沿盘山小径登上山顶共有 392 级石阶。唐朝时期被贬到柳州担任柳州刺史的山西人柳宗元，在柳州当官时写过一篇《柳州山水近治可游者记》，称鱼峰山“山小而高，其形如立鱼”。后来有人以此为据，又称之“立鱼峰”或“石鱼山”，但大众习惯还是称为“鱼峰山”。从鱼峰山顶往北眺望，江水碧绿、六桥飞架、大厦林立、车水马龙，“壶城”柳州尽收眼底。

相传，鱼峰山是壮族歌仙刘三姐传歌升仙的地方，至今山上尚存“三姐岩”“对歌坪”等遗址，“三姐岩”内有“传歌、对歌、成仙”群雕，山腰立有用大理石雕刻的刘三姐塑像。我在广西师范大学读书时，有一次和同校的老乡潘亭兆同学路过柳州，买不到火车票，干脆停下玩两天，曾到鱼峰山见过这座刘三姐塑像。当时文化知识武装不够，我看不出是什么材料做成，只记得是白色的，现在才知道是用白色大理石雕刻出来的。那天不知亭兆同学跟谁搞来一部相机，我喜滋滋地得以靠近刘三姐拍了一张照片。现在再看，有些唐突佳人了，刘三姐身着壮族衣服，头上盘个“柳州姑娘会梳头”的美丽发髻，飘飘欲仙，无限光彩，而我当时正值饥饿年代，营养严重不足，瘦骨嶙峋，完全一副穷酸样。少年轻狂，实在不知高低深浅啊！

鱼峰山是有文化的。从三姐塑像处直上山顶，亭台楼阁掩映在四季常青的古树绿荫之间。据记载，宋、元时鱼峰山上曾有过道观，后毁于兵火。如今纯阳洞、清凉洞、玉洞、盘古洞、螽斯岩、阴风洞、三姐岩等七个岩洞，彼此相连贯通，洞中有元、明、清以来文人墨客赞美鱼峰山的石刻60多处。

但鱼峰山最鲜明的文化特色，莫过于跟刘三姐有关的故事和传说。相传，唐代在罗城与宜山交界的天洞之滨，有个美丽的小山村。村中有一位叫刘三姐的壮族姑娘，她自幼父母双亡，靠哥哥刘二抚养，兄妹二人以打柴、捕鱼为生，相依为命。三姐不但勤劳聪明，纺纱织布是众人夸赞的巧手，而且容貌绝伦，尤其擅长唱山歌，她的山歌闻名遐迩，远近歌手经常聚集其村，与她对歌、学歌。

刘三姐常用山歌唱出穷人的心声和不平，引起土豪劣绅的不满。当地财主莫怀仁贪其美貌，欲占为妾，遭到她的拒绝和奚落，便怀恨在心。莫怀仁企图禁歌，又被刘三姐用山歌驳得理屈词穷，于是请来三个秀才与刘三姐对歌，但在刘三姐面前，他们丑态百出，败兴而归。莫怀仁恼羞成怒，不惜耗费家财勾结官府，欲把刘三姐置于死地而后快。为免遭毒手，三姐偕同哥哥在众乡亲的帮助下，趁天黑乘竹筏，顺流沿天河直下龙江后入柳江，辗转来到柳州，在小龙潭村边的鱼峰山东麓小岩洞居住。

刘三姐来到柳州以后，她那忠厚老实的哥哥刘二心有余悸，怕三姐又唱歌再招惹是非，便想方设法阻止。一天，他终于想出了个办法，从河边捡回一块又圆又厚的鹅卵石丢给三姐，叫她用手帕在石头中间钻个孔，若穿不过去就不准她再出去唱歌。

三姐看着哥哥的满脸愠色，不敢争辩，拾起石头，暗忖：

“我又不是神仙，手帕怎能穿得过去？”她下意识地试穿，并唱道：“哥发癫，拿块石头给妹穿；软布穿石怎得过？除非凡妹变神仙！”

谁料三姐的歌声直上霄汉，传到了天宫七仙女的耳里。七仙女深受感动，担心三姐的歌从此失传，于是施展法术，取下一根发簪向刘三姐手中的石块射去，把石头穿了一个圆圆的小孔。三姐突然看见石头有了一个小孔，就把手帕穿过石头，心中暗喜，张嘴唱道：“哎……穿呀穿，柔能克刚好心欢，歌似滔滔柳江水，源远流长永不断！”

从此，刘三姐就在鱼峰山唱歌传歌，慕名前来学歌和对歌者络绎不绝。后来，三姐在柳州的踪迹被莫怀仁知悉，他又买通官府，派出众多官兵将立鱼峰团团围住，要捉拿刘三姐。小龙潭村的乡亲闻讯，手执锄头棍棒纷纷赶来，为救三姐而与官兵搏斗。刘三姐不忍心看乡亲们为了救自己而受牵连，毅然从山上跳入小龙潭中。正当刘三姐纵身一跃的时候，狂风大作，天昏地暗，一道闪电倏然而至，轰然一声石破天惊，有条金色大鲤鱼从小龙潭中腾空跃起，驮着刘三姐升天而去，云端里飘来刘三姐清脆的歌声：

三姐骑鱼上青天，
几多牵挂在心间；
年年八月中秋夜，
再回鱼峰走一圈；
各位乡亲莫挂念，
飞到天上做歌仙；

三姐成仙话一句，
山歌要唱万万年。

歌仙虽去，歌海长留。如今鱼峰山下已经成为壮族地区著名的“歌圩”，每年农历三月三歌节、八月十五中秋节此地都要举行大型歌会，四面八方的歌手会集于此，展开对歌，热闹非凡。

鱼峰山脚的小龙潭，潭水随柳江河水涨涨落落。我曾游览过鱼峰山，见过小龙潭，水潭中有一尊鲤鱼雕塑——一只巨大的鲤鱼从水里腾跃而起，坐在鱼颈上的刘三姐衣带飘飘，仿佛仙女。这一雕塑名为“南潭鱼跃”。其创意应有柳宗元的“山小而高，其形如立鱼”的含义，但人们传说得更广的还是刘三姐“骑鱼升天成仙”的美丽故事。

2019 年

青峰赤壁丹霞魂

——八桂文化名山寻访之八

登过华山的人都知道，要顺利通过华山极险要的“千尺幢”等处，很多人是采取爬行甚至匍匐前进的方式实现的。现在我告诉你，如需要这样的体验，你不必非要远赴华山不可。在广西桂林市的资源县，就有这样一个险要的所在，让登上去的人，几乎都要采取爬行或蹲移的方式才能返回山脚。

这个地方就是被《中国国家地理》称为“青峰赤壁丹霞魂”的资源县八角寨。

八角寨，又名“云台山”，位于资源县城东北30公里梅溪镇大坨村至黄沙江八角寨一带，距桂林城区130公里，北部、西部与湖南省交界。南北长33公里，东西沿资江分布，宽3公里到9公里不等，总面积125平方公里。

八角寨的名望和地位，可与福建的武夷山和广东的丹霞山等相提并论，而且有权威专家经考证后甚至认为，广西八角寨的丹霞地貌，发育最为典型，分布最为集中，特点最为突出。有了这三个“最”字冠上去，于是，广西八角寨又拥有一个“丹霞之魂”的荣誉称号。

我原来一直有个疑问，明明是山，为什么要称作“寨”？寨，这是我国南方很多少数民族聚居地的地名，比如“瑶寨”“苗寨”“侗寨”等，说的并非是山。而一些材料上介绍，之所以称为“八角寨”，是因其主峰生出八个翘角并常年云蒸霞蔚而得名。另一说是，从山底仰望八角寨，昂首挺立的山峰分八扇伸向八方，俗称“八个龙头”，所以得名。八个翘角也好，分八扇也罢，对这一解释，我还是不能完全理解。直到撰写此文，我专门请资源县宣传部、旅游局和景区有关人员进行核实，他们给出的答案是：当地居民把山峰中出现的平地称为“寨”，八角寨因有八个翘角，且主峰顶在群峰之中是较大的一块平地，故称为“八角寨”。应该说，这是来自当地权威人士的准确解释了。

遍观我国名山大川的来源，无一不附会诸多神奇美丽的传说。八角寨的来由，也不例外。传说当年这里为南岭最南端，是一片汪洋，秦始皇为了寻找长生不老药，派出好多人马四处寻找，其中一队从南岭的东段上船，没想到遇到台风，顿失方向，大家纷纷祈祷能够见到陆地。于是，就把从中原带来的田螺推进海里。没想到顿时风平浪静，没过多长时间海水干了，那些田螺变成了三座大螺山，船也变成一座大山。这就是现在人们看到的八角寨的景象。

这类传说虽不可信，但大家都比较喜欢听。相反的一些科学考证论述，由于专业术语过于古奥难懂，认真阅读的人不见得有多少。其实，八角寨的丹霞地貌，是由距今1.35亿—0.65亿年前的白垩纪紫红色砾岩、砂岩等构成的，由于岩层软硬相间，在漫长地质年代受差异风化、重力崩塌以及水流侵蚀和溶蚀，遂形成特有的丹霞地貌，有方山状、墙状、柱状等诸多奇峰异岭。我们来看看八角寨那些最有代表性的景点名称，就会感到此言不虚，如“生死谷”“迷魂山”“天狗喘月”“神鹰猎食”“云台凌空”“群螺观天”“龙头香”“泪眼石”等，有些乍听起来还真让人感到毛骨悚然。本文开头提到令人或爬行或蹲移才能返回山脚的地方，就是“降龙庵”到“生死谷”之间必经的一条鳄鱼背似的山脊梯径，300多米长，两旁是悬崖峭壁，在安装稳固护栏之前，往上走感觉稍好一些，如果是从上往下走，很多人两腿都不敢站立，只能蹲着然后慢慢往下移动，两眼绝不敢瞧向两旁的悬崖。而“生死谷”，是三座山交会点中的一处幽深莫测的渊隙，酷似长期水流冲刷而出的石窟，像个深渊。石窟的岩壁因风化程度不同形成深浅不一的各种凹陷。由于光线阴暗，下面的深渊无人敢进入。相传，石窟每到天气变化之时，常发出奇怪的声音，或像人泣，或像兽嘶，或像鸟鸣，所以又被称为“鬼哭渊”。而今新凿的路径横跨渊顶，从那老鹰筑巢的洞口依壁而过，渡短桥，经栈道，还是走得让人胆战心惊。由此可见，八角寨那神秘莫测的丹霞地貌里埋伏着多么吓人的

“勾魂陷阱”。

然而，人类的思维连人类自己都感到不可思议，越是惊险的地方越是有人心向往之。所以，才诞生一种名为“探险游”的游玩方式。结果，去的人多了，又成为大家趋之若鹜的旅游胜地。甚至还有人对那些险峻异常的地方吟诗作赋，让那里拥有一种超然的诗情画意。比如八角寨的另一处极为险峻的景点“迷魂山”，就有人赋诗云：“峰拥云台数万重，幽深险峻胜仙宫；间关乱布迷魂阵，敢使英雄困其中。”

八角寨最雄伟壮观又惊险刺激之处要数东北角的“龙头香”。站在高危险峻的“龙头香”眺望远方，丹霞怪石林立，峰峦巍然耸峙，仿佛鲸鱼闹海欢腾，神奇的景色美不胜收。而俯瞰“龙头香”下的深渊，垂直300余米，下面行人如蚁，山道如练，绝壁悚然，令人头晕目眩，惊恐不已。

不管怎么说，如今的八角寨已经成为风景甲天下的桂林大旅游圈中精美的一环，是“五岭”之一越城岭山中的一块“宝玉”。2005年，在《中国国家地理》杂志社组织的“选美中国”评选活动中，它以“青峰赤壁丹霞魂”当选“中国最美的七大丹霞”之一。自1988年起，八角寨先后被列为自治区（省）级风景名胜区、自治区（省）级地质公园、国家森林公园、国家地质公园。

说到“五岭”，大家最先想到的肯定是毛主席那首气势磅礴的《七律·长征》诗中“五岭逶迤腾细浪，乌蒙磅礴走泥丸”一句，而翻开《毛泽东诗词大词典》，毛主席还有另外一首七律诗也用到“五岭”一词，这就是《送瘟神·其二》的第三联：“天连五岭银锄落，地动三河铁臂摇。”这两个地方所说的“五岭”都是指越城岭、都庞岭、萌渚岭、骑田岭、大庾岭，它们横亘在湖南、广西、广东、江西之间，是南岭的主要构成。而八角寨所在的越城岭横跨广西和湖南两省区，属于广西的部分就跨越资源、全州、兴安、龙胜、临桂等地。当年中央红军长征经过这一带时，曾经浴血奋战才突破国民党军队的严密封锁线，走上胜利的新起点。

不知从何时起，人们传说八角寨也是龙的化身，是龙的栖息地。所以，有好些山岭都以龙命名，如“降龙山”“龙脊岭”“二龙戏珠”“龙头香”等。我猜想，这是不是跟古代舜帝南巡曾来到这里，并最后在这一带病逝和安葬的传说有关呢？

完整地讲，八角寨并非单属广西资源县的独立景区，其实它是越城岭腹地山脉上与湖南崀山景区相连的大型复合型景区，一边属湖南的新宁县和安东县，一边属广西的资源县和兴安县，两边已经连成一体。在当地，舜帝南巡的故事广为流传。据说，当年舜帝南巡到永州时，他去山上采过草药，去河边看过山洪，去田野里鼓励农民收割庄稼，还亲自扶犁耕作，常常是披星戴月在山林田野里度过一宿又一宿。由于风餐露宿感染毒瘴而生病，他在当地老百姓家里治病时，还常拖着病体四处询问百姓疾苦。最后，他终于不治，病逝于越城岭腹地东安县境内的舜皇山里。不过，也有人说，他病逝于舜皇岩的岩洞里。还有人说，他病逝于湖南宁远县的九嶷山脚下。《史记》也记载：“舜南巡狩，崩于苍梧之野，葬于江南九疑。”九疑，即九疑山，后称“九嶷山”，也叫“苍梧山”，正位于“五岭”之一的萌渚岭上。但无论哪种说法，说的都是舜帝南巡，最后在“五岭”一带病逝并安葬。所谓神话传说，妙就妙在这里，尽管相隔千山万水，依然可以当作同一个地方来津津乐道。

资源八角寨西北山腰有约 500 米长的绝壁横贯，形似巨龙，“降龙庵”就处在巨龙口内，两条山路从龙口两边延伸。巨龙左“耳”就是一个深凹狭长的岩洞，能避风遮雨，可屯兵宿营，冬暖夏凉，人在岩中言语，轻音绕壁，良久不断；而巨龙右“耳”，则是三座高楼般的巨石垒就的石洞，里边怪石狰狞，洞内面积达 300 多平方米，空高八丈有余，奇怪的是三石相汇之处，留有一道四尺多宽的隙缝透光见天，使得洞顶形成一个摩天连地的黑体“人”字，故得名“人字天”。

如今上到八角寨山顶的游人，可以看到八角寨龙首翘望的湘楚之地，常常氤氲在朦胧云雾之中，也许那就是著名的舜皇山。而天气晴好时，仔细辨认可以望见那绵延起伏的层层山岗，其形态隐隐酷似巨人仰卧于斯。如果不是亲临其境，谁能相信这是大自然神话般的造就？这样的自然景观，再加上舜帝等人的传说和事迹点染，将来又不知要创造出什么神奇的故事呢！

2019 年

粤西奇山　形神兼备

——八桂文化名山寻访之九

如果到桂林，没有去看象鼻山，那算不上真正到过桂林。这几乎是所有到过桂林的人，不约而同产生的共同感觉。这种感觉简直把民间的说法“象鼻山就是桂林，桂林就是象鼻山”当成真的了。

在广西众多文化名山中，论形象逼真、形神兼备，当首推桂林的象鼻山。隔着缓缓流动的江水，或远观，或近看，象鼻山都酷似一头巨象临江止步，伸长鼻子，静静吸水，千年万年而始终不变。象鼻山由此成为桂林的城徽和标志。清代工部郎中舒书在《象山记》一文说：“粤西之奇以山，粤西之山之奇以石，而省城相对之象山，则又其奇之甚焉者。”话虽说得无比的饶舌拗口，但象鼻山的“粤西奇山”称誉却是由此而来。

半枕江水、半依陆地的象鼻山，“象鼻”与“象腿”之间形成一个半月洞，东西通透，流水穿洞而过，倒影如浮江满月，巧夺天工。因之，此洞名为“水月洞”。在《古代桂林山水诗选》一书中，收录了五首抒写象鼻山的古诗，其中一首说“水底有明月，水上明月浮；水流月不去，月去水还流”。这首诗形象描述了象鼻山水月洞中水月之间的关联性，有哲学意味，也含禅语机锋。遗憾的是，书中注明作者为宋代蓟北处士，却是生平不详，不知是官宦人家、文人雅士，还是佛门高僧、江湖隐君。自此，多少人来到象鼻山，在水月洞的崖壁上看到这首诗，又联想蓟北处士留诗不留名的洒脱举动，无不生发“江畔何人初见月，江月何年初照人；人生代代无穷已，江月年年只相似”的人生感慨。

文人墨客的一大爱好是在山洞悬崖题词刻字以志不朽，而另一大爱好则是给人给物起名安姓。也正因为如此，才诞生一门学问叫“命名学”或“起名学”，近年来又出版那么多《命名学大全》《起名的学问》等厚厚的书籍。有些人是见人给人起，见山给山起，见水给水起，甚至见猫见狗也要给它们起一个有个性的名字。这个爱好从古至今看来要改掉也难。看看很多的风景名胜，有些一个景点就有好几个名称，似乎跟文人的这个爱好有些关联。当然，换个角度看，这也体现了古今文人见仁见智的过人才学和卓异风格，毕竟鹦鹉学舌、人云亦云的事总是不怎么叫人喜爱的。而我，却更愿意把这一现象看成是“立言文化”喂养出来的独特个性，凡事都想标新立异，与众不同，否定别人，猛吹自己。这一现象反映在象鼻山水月洞的命名问题上是比较典型的，800 多年前的南宋两大文人就为此打过一场隔空对仗的笔墨“官司”。

南宋乾道二年（1166 年），当时在桂林任职的张孝祥与好友张仲钦（即张维）、朱元顺曾两次游览水月洞。张孝祥首先是个读书人，考中状元后才当官的。作为文人，他是一位“谈笑翰墨、诗酒淋漓”的豪放词人，他的生平活动介于苏东坡和辛弃疾之间，很崇拜苏东坡，据说每写完一首词，都很得意地问左右“比东坡如何”。我们来看看他的《念奴娇·过洞庭》即略知一二：“玉鉴琼田三万顷，著我扁舟一叶”“悠然心会，妙处难与君说”“尽吸西江，细斟北斗，万象为宾客”。这些名句真的很有苏东坡的风格。

这样一位文官、词人，游山玩水之后，诗兴大发，那是肯定的。何况他当时才 30 来岁，正是年轻气盛之时，他第二次游水月洞时，仅仅因为水月洞的一边洞口朝东，兴之所致就题诗作序，统统把象鼻山的亭、洞、岩等改以“朝阳”名之。如今，水月洞北壁上落款为“张孝祥记”的摩崖石刻文字，其中就有这样的记载：“今亭适东乡，敢献亭之名亦以朝阳，而岩曰朝阳之岩，洞曰朝阳之洞。”并就朝阳亭作诗三首。张孝祥此举，当然是希望以自己的名望和官位，使这样的修改能与象鼻山一起永久流传。

可是，才过几年，乾道七年（1171 年），又一位以写诗歌出名的文官范成大到桂林担任静江知府并兼任广西经略安抚使。两年后，乾道九年（1173 年）九月，范成大与另一位广西官员林光朝同游水月洞，看到张孝祥把水月洞的名字改成朝阳洞，甚至把亭、岩都改为朝阳亭、朝阳岩等，顿感不爽。范成大本来就以写山水田园诗出名的，写山写水是他的特长，也是权威，他认为水月洞之名自古流传，十分恰当，而朝阳洞之名早已被桂林的隐山使用了，不宜重复，应恢复水月洞名称。他说："近岁，或以一时燕私，更其号朝阳，邦人弗从。"意思是：水月洞原来的名称好好的，你张孝祥跟几个朋友搞一餐私人宴会，一高兴就随意把它改了，当地人并不接受。于是，他特地作《复水月洞铭并序》一文，恢复水月洞原名，即"考古揆宜，俾复其旧"，并镌刻于水月洞的南壁，故意与张孝祥刻在北壁的修改版本形成鲜明的"南北对峙"。范成大还断言："百世之后，尚无改也。"

张孝祥风流倜傥、英伟不羁，可惜英年早逝，乾道六年（1170 年）七月患急病而逝，卒年 38 岁。他在桂林任静江知府时间是乾道元年（1165 年）到乾道二年（1166 年），时间很短，史书记载的政绩不多。由于张孝祥天不假年，未能看见范成大的文章即已"列入仙班"，我们也就无从知晓这场笔墨"官司"会有什么样的结局。倒是从此以后，张孝祥与范成大这场隔空争论，成为象鼻山景区盛传不衰的历史佳话。

而范成大在广西桂林任职时间要久一些，即从乾道七年（1171 年）到淳熙二年（1175 年），历史记载他做了不少实事好事，留下不错的官声。而且，作为"中国古代田园诗的集大成"（钱锺书语）者，范成大在桂林期间创作了几十首诗歌，其中一首赞美桂林为远离兵戈的风水宝地：“天将福地巩严城，形胜山川表里明。旧说桂林无瘴气，今知漓水辟刀兵。”而他在公元1175年离开桂林前往四川任职途中写成的《桂海虞衡志》，更是一部名著，长期以来被各界人士反复提及并广泛引用，还被誉为广西第一部风物志。他在这部书中说过一句话：“余尝评桂山之奇，宜为天下第一。”这跟25年以后，即庆元六年（1200年），以68岁高龄仍得提拔到桂林当官的王正功所写的那句“桂林山水甲天下”一样，都是对桂林山水最高级别的赞美。

我们知道，论名望，论地位，论诗歌成就，论后世传说，范成大都要比王正功大得多。但是，范成大对桂林山水的那句评价，却没几个人记得；相反，王正功的那句诗，因为通俗易懂、朗朗上口，却成为千古以来桂林山水最热的宣传词，经久不衰。当然，王正功这首诗的其他句子，什么“玉碧罗青意可参”，什么“万里鹍鹏竚剧谈”，也是没多少人记得的。由此可见，无论文章还是诗歌词赋，凡是接地气冒热气有温度的生动语言，总是比故作高深、玩弄玄奥的句子容易流传和出名。

范成大说桂林为远离刀兵的风水宝地，其实，这只是文人墨客对太平盛世的歌颂而已，如是动乱年头，神州大地往往都是遍地烽烟，哪有什么远离刀兵的风水宝地？39年前的一天，我曾登上象鼻山顶的普贤塔，记得那里曾是太平天国起义部队攻打桂林市的阵地。现在想，太平军也确实眼光有限，严重缺乏文化遗产保护意识，那么好的一个风景名胜，拿来当作打仗的阵地，如果被炸坏了多可惜啊。要知道，当时驻守桂林城的广西巡抚邹鸣鹤等人，可是在城内挖出了 25 尊明朝留下的大炮的——“访闻西清门之昭忠祠后埋有前明旧炮……起出六百斤至一百五十斤重铁炮二十五位。试看可用，赶即添放各城”。看看，如果当时邹鸣鹤不是单单为了守城，而是敢于担当主动出击，下狠心把尚未成势的太平军剿灭在桂林城下，那这些明朝的大炮肯定要对准象鼻山开轰了。好在“贼攻省三十三日无所得，亦以此不过大敌，完队还师”。太平军这支没有多少文化武装的军队，倒也知道“打得赢就打，打不赢就走”的游击战要诀，蜂拥而来，没能攻下，随即席卷而去，赶紧直奔湖南去也。

“江山留胜迹，我辈复登临”。象鼻山顶那座“太平军攻城营房遗址”的小房子，凡是登上山顶的人基本上都会进去观看一番。我一直有个疑问，太平军的那次攻打桂林城，既不是起义发动的第一战，也不是起关键作用的里程碑之战，更不是马上可以成功定都、封王封侯的最后一战，可以说，这是太平军攻城略地十几年中一次毫无收获的小战斗而已，后人建这么一个房子来纪念它，到底有什么深刻和深远的思考呢？

2019 年

湛若水：与阳明先生齐名的人

此次去广州，意想不到会“偶遇”500多年前的一位文化名人。而且，这个文化名人也跟当地一座名山即南樵山（又名“南香山”）有关；而且，这个题材正好跟我目前写作的“八桂文化名山寻访系列散文”相契合；更“而且”的是，这个文化名人又恰恰跟我这系列散文首篇写的王阳明先生有很大关联。这不得不让我惊叹：原来，这世上真的有凑巧这么一回事啊！

这个文化名人叫湛若水。平时读书，这个“若水”那个“若水”，倒是见过不少，我想，大家可能都是从老子《道德经》上那句“上善若水”借来的。但这姓“湛”的“若水”，我还是第一次听到。这个“湛”姓差点跟我这个“牙”姓一样，可以归为出土文物级别的罕见姓氏了。我敢肯定还有不少的人跟我一样，都是第一次听说湛若水先生的。可见，我们自诩为读书之人，不知道的知识还多着呢。

2018 年 12 月 26 日，我在广州参加全国党刊年会，到了深入基层“走转改”环节，被安排到增城区。就这样，出生在这个城市的湛若水先生，就走进了我的视野。最先向我介绍湛若水先生的，是广东省委南方杂志社陈广腾社长。他是我们此次调研的领队。

在颠簸的大巴车上，他见当地人介绍情况时，没说到湛若水先生，就接过话筒，把湛若水先生的情况跟我们做了简单介绍。我就这样认识了湛若水先生。

刚刚“偶遇”湛若水先生，就想把他写进自己的文章里，搞得好像我对他已经很熟悉了一样。这样的做法，我感到难度好大。就像一个人刚到一个新地方，板凳都还没坐热，就对当地的某个老房子或某块老门板无端涌起万般的思古幽情，这是何等的莫名其妙！何况，湛若水先生是 500 多年前的古人，要把他写活过来，那真是太难为我自己了。

我思来想去，要写好湛若水先生，只好把他跟王阳明先生对比来写，借王阳明先生的耀眼光辉，把湛若水先生本来就有的闪光点写出来，也许大家会印象深刻一些。产生这种写法也不是无缘无故的，原因至少有两个：一是湛若水先生和王阳明先生都是明朝同一时期研究“心学”而有大成的儒者；二是王阳明先生六世祖王纲曾在广东做官，恰巧在增城死于国难，明王朝还在增城建庙纪念他的功业，而湛若水先生的七世祖湛露也是在广东德庆路做官，离任返乡路过增城沙贝村时，被这里的风水宝地吸引，就决定在此定居，不回老家了。所以，两人的根脉都在增城。

有比较就会有鉴别。先看几个概念：王阳明先生比湛若水先生年纪小；王阳明先生考中举人和进士都比湛若水先生早；王阳明先生比湛若水先生懂军事；王阳明先生还带兵打仗平息叛乱镇压起义；王阳明先生性格刚强，杀伐决断，生前功业轰轰烈烈，但死时却被小人诬赖，官职俸禄荣誉全被皇帝剥夺；王阳明先生研究心学，想检验“格物致知”的效果，就身体力行，学以致用，真的去“格”竹子达七天七夜，导致饿晕了头，差点没命；王阳明先生死后几百年来名气一直都比湛若水先生大得多，其“知行合一”至今仍被大力弘扬。这些都和湛若水先生不同。

但湛若水先生也毫不逊色，他也有比王阳明先生厉害的地方，比如：湛若水先生在文化单位担任高级领导职务多；湛若水先生创建并主持全面工作的全国书院数量多；湛若水先生还懂得搞外交，成功出使安南国册封安南王，深得安南王的崇拜，在生前就把影响做到国外去了；湛若水先生也搞学术，钻研心学，但他一看就知道前人所谓“格物致知”有些玄乎，所以他比较理性地去做这件事，没有盲目去“格”竹子；湛若水先生性格温和，行事稳重，官运越老越亨通，晚年还相继连任吏部、礼部、兵部三部尚书，多次申请退休都被皇帝深情挽留；湛若水先生还懂养生，活到了95岁，比王阳明先生58岁长寿多了。

这样一对比，我们对湛若水先生就有一个大概的印象了。

我们再进一步往下看看。

湛若水先生的出生地是广东增城县甘泉都沙贝村（今新塘镇），他27岁中举人，40岁中进士。真是应了“万般皆下品，唯有读书高”的古训，考中进士后的湛若水先生，一路仕途顺畅，先后被授为翰林院编修、侍读，嘉靖三年（1524年）升为南京国子监祭酒（祭酒，大约相当于高校校长或教育部管高校的领导），晚年69岁以后又历任南京吏、礼、兵三部尚书，后追封太子少保。

而王阳明先生生于1472年，年纪比湛若水先生小6岁，但考试都比湛若水先生厉害，20岁即中举人，28岁时就考取进士，后历任刑部主事、贵州龙场驿丞、都察院左都御史、两广总督等职，正德十六年（1521年）49岁时任南京兵部尚书，不久被封为新建伯，后来又追赠新建侯。

从官位来看，两人都曾在“两京”即南京和北京的两个中央机关里任职。这里得按中学语文老师教我写作文的办法——“夹叙夹议”一下：明朝官制自第二位皇帝开始有点特别，搞了一个“一帝两京”制。说的就是：自明成祖朱棣率兵夺了侄子的皇位后，把首都迁到北京。但南京毕竟是自己老爹朱元璋建国的首都，他在南京也保留了一套中央管理机构，名称和级别跟北京的中央机关一致。湛若水先生和王阳明先生都曾同样担任过南京兵部尚书。王阳明先生被封为伯、侯，而湛若水先生也被封为太子少保。经过比对，伯、侯是爵位，不是实职，太子少保也没多少权力，但级别高。所以，湛若水先生和王阳明先生大概可以算是相当于副国级或者享受副国级待遇的人物吧。

其实，说湛若水先生与王阳明先生齐名，主要还不是说他们的官职大小基本一致，而是指他们的学问成果不相上下。他们都是明代心学研究大有成就的一代鸿儒，他们两人的学问成果和影响，用当时学界的说法是并驾齐驱，而后代学人则称之为“王湛之学”，《明史·儒林传序》甚至说：“时天下言学者，不归王守仁，则归湛若水。”可惜的是，不搞学问的人，总是只记得王阳明先生，而常常忽略了湛若水先生。这对湛若水先生是不太公平的。但所谓名声，所谓影响，往往就是这样子，不是个人能够左右的，这也是很无奈的事情。中华上下五千年，跟湛若水先生同样命运的大有人在，我们想同情也同情不过来。

心学到底是一门什么样的学问？其实就是儒家学说的一门分支流派而已，最早可追溯到孟子的某几句话，到北宋程颢、南宋陆九渊逐步形成独立学派，可以跟朱熹的理学分庭抗礼。心学发展到明朝，从湛若水先生的恩师陈献章即陈白沙（世称白沙先生）开启先河，逐步实现了由理学向心学的转变，白沙先生也成为宋明儒学发展史上一个承前启后的关键人物。湛若水先生就是白沙先生的得意弟子和衣钵传人。看了这样的传承，我们就可以知道湛若水先生在心学上的地位和作用了。白沙先生之后，湛若水先生和王阳明先生就是明代中晚期心学的两个代表人物。而且，后来也还没见哪位高人能把心学搞得比他们两人更有名的。

湛若水先生在继承白沙先生学说的基础上，提出“体认于心，即心学也”“随处体认天理”等主张，成为心学的一大门派，因为湛若水先生号甘泉，所以其学说被誉为“甘泉学说”，也称“甘泉学派”。而出生在浙江的王阳明先生，似乎没有什么师承，他老爹就是状元出身，官当到南京吏部尚书。家里藏书多，王阳明先生基本上是自学，据说他把朱熹的著作全部啃了多遍，于是自己也创建一个以“致良知”为核心的学派。如今，人们在王阳明先生当年悟道的贵州龙场建起了一座纪念馆，最能代表王阳明先生“致良知”学说深邃思想的那四句金言，就写在这个纪念馆内，多年前我曾到过龙场，在纪念馆里看见过这四句话：“无善无恶心之体，有善有恶意之动，知善知恶是良知，为善去恶是格物。”

两人的学问成果这么巨大，又教授众多的弟子，于是都成为开宗立派的宗师级人物了。难得的是，两人虽然在学术上有互补也有歧见，但毕竟都是有学养之人，没有沾染上“文人相轻”的陋习，更没有一心一意想把对方打倒下去、使自己的学说成为“唯我独尊”的国学。正德元年（1506年），湛若水先生与王阳明先生一见面，就像成语“倾盖如故”所说的那样，王阳明先生就感叹“予求友于天下，三十年来未见此人”。两人毫无隐晦地流露出相见恨晚的感情，马上相约为恢复圣学而努力，“共以倡明圣学为事”。自此两人成为好朋友。王阳明先生被贬到贵州龙场担任驿站负责人期间，湛若水先生多方关心问候；王阳明先生回京任职，特意选择与湛若水先生比邻而居。王阳明先生对两人的友情很满意，他很开心地说：“吾与甘泉友，意之所在，不言而会，论之所及，不约而同。”由此可见，两人之间的学术交流基本达到“英雄所见略同”的境界了。王阳明先生很推崇湛若水先生，曾说：“予之资于甘泉多矣。”两人的关系密切到这般程度，湛若水先生护送母亲灵柩回乡路过南京，王阳明先生亲自来凭吊；湛若水先生请王阳明先生为母亲写墓碑碑文，王阳明先生立刻允诺，亲自撰写了《湛贤母陈太孺人墓碑》；湛若水先生曾主动给王阳明先生写过不少书信，除了日常问候，还与他探讨“心学”问题；王阳明先生也曾给湛若水先生写过诗歌，如《题甘泉居》《别湛甘泉》三首等，而《书泉翁壁》结尾就有陈述两人友情的句子“落落千百载，人生几知音；道同讵形迹，期无负初心”。王阳明先生当年在广西平定地方骚乱后病重返乡，专门路过增城拜祭先祖，同时还抱病访问了湛若水先生旧居，上述《题甘泉居》与《书泉翁壁》两首就是在当时写的。而在王阳明先生饱受委屈病逝后，湛若水先生也写《祭王阳明先生文》一文，深情回忆两人几十年的友谊，后来又写《阳明先生墓志铭》，详细记录王阳明先生的一生功绩，并为之抱不平，慨言“若夫百年之后，忌妒者尽死，天理在人心者复明，则公论定矣”。更为难能可贵的是，王阳明先生病逝后，皇帝听信一些大臣谗言，说王阳明先生未经请示即以病重为由擅自离开广西平乱的重要岗位，属擅离职守，因之剥夺了王阳明先生的所有官职、功劳、俸禄和荣誉，还宣布王阳明先生的学说为“伪学”而加以禁制。但湛若水先生坚持正义操守和道德良心，多方维护王阳明先生的“致良知”学说，还严禁自己的门人跟王阳明先生的弟子互相批评，表现出一代大儒的大度风范。可见，两人“道义之交”的纯粹和真诚。

不过，推崇归推崇，友情归友情，湛若水先生对学问上的事是不搞和稀泥的。1511 年，两人在北京大兴隆寺有过一次讲学论辩。有的研究者认为，湛若水先生和王阳明先生的这次北京讲学论辩活动，“标志着明代心学门户之分、讲学之盛的开始”。自此以后，湛若水先生和王阳明先生平分讲席，主导天下学术数十年。而湛若水先生虽然跟王阳明先生一样，都研究心学，但他却明确指出：“阳明与吾言心不同，阳明所谓心，指方寸而言，吾之谓心者，体万物而不遗产也。”似乎是说王阳明先生的心学仅指个人内心而已，是“小心学”；而他的心学讲的是包括万物万象，要比王阳明先生讲的大得多，是“大心学”。但学术界是不是认同湛若水先生的说法，我就不知道了。

湛若水先生这么大的学问，虽是白沙先生倾囊相授的结果，同时也是他自己一生教书育人、不断钻研思考得来的。《广东新语》称：“甘泉翁官至上卿……于会城（广州）则有天关、小禺、白云、上塘、蒲涧等书院。”史书记载，湛若水先生在忙着完成朝廷上的岗位职责外，还致力于书院建设，在南京、扬州、番禺、增城、南海等地均开设书院，并讲授心学。有人统计，湛若水先生在全国各地创办书院有 40 所之多，教授的弟子近 4000 人，其中，单在广东地区建的书院就达到 19 处。毫无疑问，湛若水先生的文化影响力是巨大的，尤其是岭南地区，其影响一直延续至今。

湛若水先生曾写过《甲子初访白鹿洞》一诗：十庙堂开旧典形，当年白鹿也来迎。群山靡靡水争出，独树荒荒鸟自鸣。烟散香炉浮俎豆，苔生漱石上檐楹。废兴只有人心在，五百年来拜后生。

写到这里，我再次打开“广东历史文化名人”丛书，看到容闳、郑观应、王云五、丘逢甲、陈垣、屈大均、黄遵宪、康有为、梁启超、陈寅恪等一长串人名，这些出现在湛若水先生之后的著名文化人物，或是广东籍人士，或是曾经活跃在广东政坛文坛上的外省人，他们都如同璀璨夺目的星星，闪耀在南粤大地的上空；他们的生动气韵，他们的温厚儒雅，他们的渊博学识，他们的精神引领，已经成为涵养岭南文化的蓬勃而深厚的渊薮，是一代又一代莘莘学子取之不尽的文化源泉。这时，我似乎悟出湛若水先生“五百年来拜后生”这句诗的某些含义了。既然500多年前有湛若水先生在南粤大地上闪亮登场，那么500多年来，南粤大地上出现一批又一批知名的文人雅士，也就没什么稀奇了。

2019年

起敬滩、伏波庙及伏波将军的岭南缘

初冬的广西，俨然温暖如春。从横县往东北行车28公里，经过几个稀稀寥寥的村庄，又进入沿江的一条坎坷不平的山道，就来到这座屹立郁江边上，面朝起敬滩缓缓江水的伏波庙。

伏波庙的构造与国内纪念古代名人的大小庙宇没有更多的奇特和不同，只是比起香火旺盛的其他一些庙宇来，这里显得有些宁静和孤单，甚至有些冷清和萧瑟，让人禁不住产生无限空落和寂寥之感。我们是中午时分到达伏波庙的，此时应是游人较多的时候，可是一个游人也没见；盘桓了一个多钟头，仍然未见一个游人光顾。江风过处，只听树叶微微细响。庙宇所倚靠的大山，漫山遍野都是参天古木，满布虫孔的沧桑黄叶下，是暖暖的冬阳筛下的点点亮光。一位老人静静地坐在大门入口处，布满黑斑的小木桌上放置几捆香烛和几沓纸钱；几个当地村民正在安静虔诚地给大殿正中的伏波将军神像上香烧纸。

伏波庙背倚大山，朝向江水；对岸山势绵亘，庙宇正对着其中两座大山之间的马鞍凹处。江水缓缓而过的，就是昔日险峻无比的起敬滩，如今竟变得如此温顺平和。明媚阳光下，绿水微澜，还偶尔懒懒地照映出些细碎银光来。

伏波庙所在的起敬滩，原名“乌蛮滩”。何以改用今名，还查不到文字记载。倒是庙宇大门左侧的一块巨碑清楚地记载了起敬滩今名原名的更替时间和与此相关的人士，虽时过数百年，字迹依然清晰可辨。碑名“起敬滩”是三个阴文的大行楷字，题款是“此滩昔名乌蛮今更起敬往来士民请勿再呼旧名”，落款为“嘉靖二十九年十月望日南宁府知府王贞吉书立”。嘉靖二十九年就是公元1550年明世宗朱厚熜当皇帝的时代。

据历史记载，昔时的乌蛮滩，是非常险峻的。明代正德十六年（1521年），横州通判王济在他的《君子堂日询手镜》一书中，记载了一则关于乌蛮滩险峻的传说，可作为旁证：“未至横七十里地……有乌蛮滩甚险，过此未有不心骇魂夺者……泻声如雷彻数十里。滩之上有马伏波庙，门右以铁索锁木虎，势甚狞恶，云不锁则夜出伤人，过滩者必牲醴告庙下，以生鸡血滴虎头。”

明朝谪戍南宁的刑部主事董传策有《渡乌蛮滩》一诗，形象地描写渡过乌蛮滩时的惊险情景：“巨峡倾腾到石垠，鸟啼猿啸失山村。飞湍欲跃双蛟出，赴壑旋惊万里奔。江客孤帆风夹浪，篙师十月汗翻盆。明时漫复悉荒徼，夷险从知吾道存。”

对乌蛮滩的险峻，清代屈大均《广东新语》也有记录，称乌蛮滩在“横州东百余里，为西南湍险之最。舟从牂牁至广必经焉。滩有四：曰雷霹，曰龙门，曰虎跳，曰挂舵。每滩四折，折必五六里，出入乱石丛中，势如箭激，数有破溺之患。夹岸皆山，侯庙（即伏波庙——笔者按）在其北麓，凡上下滩必问侯（即以祭品敬拜并卜问新息侯马援——笔者按），侯许乃敢放舟……新舟必磔一白犬以祭”。

可见，当时但凡放舟过滩者必是战战兢兢，小心翼翼，不敢稍存大意。而且凡是旧船在过滩之前一定要到北岸的伏波庙占卜，抽到吉签（侯许）才能过滩；而新造的船只在过滩之前，一定要斩杀白狗祭滩后，方能渡过。由此可以想见此滩之险峻之难过了。

为何后来乌蛮滩又不险了呢？传说马援将军在南征交趾时，统率大小楼船 2000 余艘，经过乌蛮滩。浪激水险，礁石密布，难以航行。于是马援率将士清理礁石，疏通航道，船队得以顺利通过。但是，马援将军乃东汉时人，而明清两代均有学者记录乌蛮滩的险峻难渡，可见这个传说应该是后人附加上去的。据当地人介绍，历代以来，对乌蛮滩的疏浚工作一直都在断断续续地进行，直到当代，人们在浔江下游筑坝拦河，兴修水利，致使水位抬高，昔日滩中礁石均深没水中，于是就很难看到当年乌蛮滩咆哮奔涌的险状了。

不管怎样，老百姓对做过一些好事的人多半会永远记住的。马援此举是否真的像后人所说，“此段航道得以畅通，上可通南宁，下可抵（广州）番禺”，就不敢妄加评论了，而当地老百姓于东汉建初三年（78 年）在乌蛮滩滩头的岸边建了一座伏波庙，倒是有史记载的。从此人们将马援奉为神，认为供奉伏波将军就可以保佑他们旅途平安。当地人告诉我，历史的风雨，岁月的沧桑，曾使伏波庙一次次倾毁颓倒，又一次次重建修复。现在所看到的这座伏波庙，系清代嘉庆年间重建的。伏波庙从首建至今跨越了近 2000 年的历史，屡毁屡建，如今依然静静屹立在起敬滩头。这不能不使后人对这位老将军生出一种敬佩来。

翻开史书，对伏波将军是这样记载的：字文渊，陕西扶风县人。公元前 14 年生，公元 49 年卒。新莽末，为新城大尹（汉中太守），后依附割据陇西的隗嚣，继归光武帝刘秀，参加攻灭隗嚣的战争。汉建武十一年（35 年）任陇西太守，率军击破先零羌。建武十七年（41 年）任伏波将军，封新息侯，后在进击武陵“五溪蛮”时，病死军中。曾在西北养马，得专家传授，发展了相马法，著有《铜马相法》。

其实，想比较准确了解伏波将军的传奇经历和奇曲人生，从几个大家都很熟悉的成语入手是最为省事的。这几个成语就是“马革裹尸”“穷且益坚、老当益壮”“薏苡明珠”。

《后汉书·马援传》记载，公元 44 年秋天，马援从外面打仗回来，有人劝他说：“您已经够辛苦的了。还是在家里休养休养吧。”此时已年过花甲的马援豪迈地回答：“现在匈奴和乌桓还在骚扰北方，我正要率兵击退他们。男儿大丈夫应当战死在边野沙场，用马革草席裹着尸体归来埋葬，哪能待在家里逗儿孙玩耍，老死床上呢！”这就是“马革裹尸”这一成语的出处。不久，匈奴和乌桓果然接连侵犯汉朝北方。光武帝派马援去守襄国（今河北邢台西南）。匈奴和乌桓兵刚跟汉兵接触，就被击败逃走了。

马援在王莽统治的时候，做过扶风郡（在今陕西兴平东南）名为督邮的官。有一次，郡太守派他押送犯人到长安。半路上，他看犯人哭得挺伤心，就把他们放走了，自己因此丢了官，逃亡到北地郡。可能他看到当地人不大会种养，就抓住机遇在那里搞起畜牧业和农业开发来。不到几年工夫，马援发了，成了一个大农场主，拥有了几千头牛羊，还积蓄了几万斛粮食。但是他并不想一直留在那里过富裕生活，就把自己积贮的财产牛羊分送给他的兄弟朋友。有人认为他傻冒，他却说：“一个人做个守财奴，太没有出息了。男子汉大丈夫，应该有远大志向，越穷越坚强，越老越健壮。”他这话一说出来，又给我们留下了一句流传千古的成语——“穷且益坚、老当益壮”，古文就叫作“穷当益坚，老当益壮”。

而第三个成语“薏苡明珠”，就没有这么豪气干云了。就在马援说完“马革裹尸”后不久，南方的五溪（在今湖南、贵州交界的地方）部族向汉朝骚扰起来，还打到了湖南的临沅县。光武帝刘秀两次派兵征讨，都打不赢。那时候马援已经62岁，他还请求带兵去打仗。光武帝见马援的胡子都白了，就说：“将军老了，还是别去了吧！”可是马援不服老，就在殿前穿上铠甲，跨上战马，雄赳赳地来回跑了一转。光武帝不禁赞叹说：“好硬朗的老人家啊！”（矍铄哉，是翁也！）于是就派他带领4万人马去攻打五溪。不想军队到了五溪，因水土不服，有好些兵士中暑死去，他自己也得了病。有人遂向光武帝挑拨是非，说是马援指挥失措，贻误战事。光武帝就派中郎将梁松去责问马援，并监督他。

梁松是光武帝的女婿，一向骄横自大，其父和马援原是朋友。马援看不惯梁松那股骄横劲儿，便以父辈身份批评他，梁松心里不服，就记下了。梁松到了五溪，马援已经害病死了。但是梁松还不肯罢休，遂向皇帝老岳丈告了一状，说马援不但指挥作战犯了错误，而且上次在南方的时候，私下里搜刮了大批珍珠回家。单是梁松告还不要紧，要命的是跟马援一起征战的马武也反戈一击，说马援回家时确实装了整整一车的珍珠。

这一下，光武帝真的信了，下令革掉马援的新息侯爵位，还要追查他的罪状。马援的灵柩运到时，马夫人不敢报丧，只好悄悄把马援埋在城外，然后跑到宫里向光武帝请罪，皇帝老儿便怒气冲冲地把梁松的告状信扔给她。马夫人一看，才知道丈夫受了天大的冤屈。

原来马援在南方征战的时候，不习惯南方潮湿的气候，害了风湿症。有人告诉他，当地出产的薏苡，又叫“米仁”，可以治风湿。马援用了一点，果然见效，回家的时候，叫人买了一批颗粒较大的薏苡，用车装了带回来。马武曾偷看到这些东西，就把薏苡说成珍珠（即薏苡明珠），告了马援一个刁状。马夫人一连六次向光武帝上奏章申诉。还有一个名叫朱勃的人，了解到马援的冤屈，也大胆地上了奏章替马援申冤。光武帝看了马夫人和朱勃的奏章，才准许马家把马援安葬，但仍没什么名分。伏波将军真正得以平反昭雪，是在他死后27年的事了。英雄生前轰烈,死后寂寞,看来大多如此。

在皇皇中华文化宝库里，一个人能有几个流传千古的成语典故和自己有关,也算是难得了。伏波将军就有这样的荣幸。

伏波将军一生南征北战，与岭南缘分匪浅。20多年前我曾于兴安县千古名渠的灵渠旁看到一座明清建筑风格的四贤祠，纪念的就是秦代史禄、东汉马援和唐朝的李渤、鱼孟威四位与灵渠甚有渊源的古代先贤。马援对灵渠的功劳是大规模疏通渠道，扩大了灵渠的运输量。

在桂林，还有伏波山、还珠洞、剑断石至今都有与伏波将军相关的故事传说。闻名遐迩的伏波山是桂林的一处旅游景点，山麓还珠洞内的石柱相接处有一似为利剑所断之石，人称“剑断石”。传说汉时，南方小国竹迟国屡侵边关，老将军马援奉命征讨，统率大军来到桂林。竹迟国国王急派使臣到桂林打探虚实。伏波将军以礼相迎，接使臣入行辕，还陪其游山玩水。使臣见伏波将军银发白须，年近古稀，没怎么把他放在眼里。待到伏波山下的还珠洞，老将军忽从随员手里抽过宝剑，将一石柱齐根斩断。使臣吓得直冒冷汗，随后便决意和伏波将军议和。那悬垂至今的试剑石，传说便是伏波将军挥剑所斩。

其实，马援遗迹与伏波庙，遍布于岭南各地，除了广西，广东的海康、徐闻等县同样有伏波庙和许多伏波将军的传说故事。甚至远在越南境内，也有许多纪念伏波将军的庙宇。唐代诗人刘禹锡旅寓越南之时，曾作《经伏波神祠》一诗，诗曰：蒙蒙篁竹下，有路上壶头。汉垒麏鼯斗，蛮溪雾雨愁。怀人敬遗像，阅世指东流。自负霸王略，安知恩泽侯。乡园辞石柱，筋力尽炎洲。一以功名累，翻思马少游。

名人，名诗，名将，相得益彰，至今仍为人们津津乐道。死后的伏波将军，虽被官场冷落和遗忘了 27 年，但 1900 多年来，岭南地区的壮、汉人民却一直把他奉为大神，世代祭祀不断。英雄起于蓬蒿，效命庙堂，声归民众。这也是规律吧。

2006 年

“方形水槽”林玉屯

一

那个在当地壮语中被称为“方形水槽”的林玉屯是我的家乡。

每期阅读《广西文学》“重返故乡”专栏的文章，我都涌起重返故乡一趟的念头。这个栏目似乎是给名人们开的。我知道自己不是什么名人。不是名人，重返故乡一般不会有什么大动静。而没有大动静地重返故乡之举，一般也不会有什么特别的意义。但是，可以肯定的是，如果没有我这篇《重返故乡》之作，我的家乡林玉屯还不知需要多少代人的努力，才能把自己的名字传给山外的人知晓。

林玉，名字取得怪好听。有林，还有玉。说不定以后真出几个大名人了，于是就有人认定这本来就是一个林中藏玉的风水宝地呢。但我却知道，祖宗给家乡取名“林玉”，是从壮语“方形水槽”谐音而来的。他肯定没读过什么书，给这个地方起这么一个好听的名字，主要的根据就是这个山屯的形状特别像一个喂食牲口用的“方形水槽”罢了。四周高山，从屯内朝上望，每座山都高到能够与天连在一起，玉米、红薯、黄豆、火麻全种到山崖下，屯中间有全屯最大的一块平地，生产队时代曾测量过，有10亩多，算是“水槽”的底部；沿着这块平地的山边朝东走，在两座大山之间有条狭窄的山坳小路可通向外村，现在的进屯公路就是从这里伸进来的。从四周的任何一个山顶往屯里看下去，整个林玉屯都是一个典型的“方形水槽”形状。这种形状的小山屯，在我们桂西北的大石山区里，到处都是，一点都不稀奇。

后来我考上了大学，有人到我们屯看风水，先跟我爸喝了几斤“土茅台”，吃完一只鸡，然后脸红红的就在我家四周一边转悠一边发表“地理”宏论：看看，你家背后的这座山呀，三峰相连，绵延不断，其实就是笔架山，对面这座嘛，迎面而立，形状像一个娃仔戴的圆顶帽子，叫“官印山”，也叫“元宝山”。他说得有板有眼，我爸听得心花怒放，脸也跟着红红的。更绝的是东边那座山，我们从小到大都是从上往下看，像个马鞍形状，所以一直称之为“马鞍山”。而这位老兄就厉害了，他说此山从上往下看，看成马鞍山，没错；但是更应该从下往上看。插个故事：高考体检时，医生让我辨别花花绿绿的一张图，我看到的也就是花花绿绿的一大片，远大前程差点以望图兴叹告终。恰在此时，有位老医生走过（我到现在一直认为，这名医生是冥冥之中来到我人生道路上的第一个贵人）对负责体检的年轻医生说："他是文科生，这一科不用检那么严。"于是高考体检过关！而此时，我对着这座从小看到大的大山，不知是色盲还是因为从小骑马就认识马鞍的缘故，怎么端详，也还是马鞍形状而已。可风水先生说话了："你看，那是尾巴，那是用力撑起的后胯，那是大幅度弯曲的腰部，那是拱起的前腿，那是巨大的头颅，前腿和头颅之间是毛茸茸的脖子，然后就是那有力前探的嘴巴，嘴巴上部是高高凸起的前额，你说是什么？整个就是一只奋力上爬的雄狮！"按他如此指点，我再仔细看看，倒也真像一只往上攀爬的巨狮。他又问我属什么，我说属虎，他略显遗憾，随即说虎狮都是百兽之王，没事的。我不知道他到底想说什么。后来参加工作，经常有人说到这座山，隐隐约约与我很有缘分，我似乎慢慢参透了风水先生说的其中奥秘。

这些风水传说，没什么可信。倒是我爸说，他小的时候（按：我爸生于 1930 年，今年已 80 岁），家乡几乎属于深山老林，"山高伏猛虎，水深藏蛟龙"，老人们经常告诫要防老虎下山吃牛吃人。常讲的故事是：某地某村某户，晚上家人洗完脚，开门把水往外倒，站在大门边的老虎顺势就把人给叼走了。这个故事一直把我吓得晚上从不敢出门撒尿。半夜尿急，对着篱笆墙的洞洞就往外射。当时的房子，上盖茅草，四周竹篱，年岁一久，到处有漏洞。外面就是菜地和玉米地，淋多少尿都无所谓。这个故事我爸一直到现在都还讲给他的孙子孙女们听。

其实，就那么个小山屯，老虎未必有，但老人拿这个故事来恐吓我们小孩，叫我们不要到处疯跑，天黑别乱出门，这倒是真的。不管怎样，当时的家乡，树很大很多，林很深很密，山上遍是草丛，有好多泉眼从四周的山坡凹槽处冒出，早晨有鸟叫，中午有蝉鸣，傍晚有炊烟，还有大群的乌鸦从那个山坳到这个山坳来回地飞，无数的黑翅膀在晚霞中一上一下的。山上的猴子也是一群一群的，到我上小学时的20世纪70年代，生产队还需要安排专人上山看守玉米地，防止山上的猴子下来抢粮。其实，如果当时不那么缺粮，给猴子吃点又打什么紧，用现在的话说，不过是人与自然和谐相处罢了。

二

都说地因人出名，这不假。没有名人（管他大小），再好的山，再好的水，再好的地方，要出名是很难的（当然，出点“名事”也是可以的，只是最好不要出“名事故”）。

说起来可怜，我们这个小山屯出名的人实在少。新中国成立前，对面山脚的黄家有个黄光国，做到县参事会委员，大概也就相当于如今的县政协委员或常委的级别吧，那已经是全县的大名人了，现在人们还在对他的故事津津乐道。当时大家都穷，家里能读书的人不多，读成样的更少。物以稀为贵，人因贵出名，道理是一样的。但这位老人家之所以出名，到底还是有些才学的。我们凤山第一本县志，就是他主编的，手写油印本，据我所知目前仅存两本，其中广西师大图书馆有一本，已成珍贵文献了，我读大学时还借来看过。此公还善写楹联和五言、七言古诗，我记得有一首吟诵凤山穿龙岩的诗很有名，诗曰："天地一崖壁，高山流水来，但凡经此过，无客不徘徊。名胜清幽地，留题尚可观，水流山更好，别有一水间。"然而，此公很小就随父辈迁到遥远的久隆村居住，按户口所在地来说，他应该不属我们屯的人。只是由于他的祖坟在我们屯，人们都说他是我们屯的人罢了。

林玉屯的开山始祖是牙素克老先生夫妇，也就是我们屯这族人最老的一代祖宗。他的墓碑原文是这样记载的："故祖长江贡老村嘉庆元年上凤山淋雨峒故祖生乾隆三十三戊子年甲寅月庚寅日辛巳时死道光十二终葬于林雨白碍山葵山丁向之墓。"这是他两个孙子牙培运、牙培云给立的墓碑，碑文有点乱也不完整，去世的月、日都没记清楚，连屯名都前后不一，可见祖宗的书读得真不多。碑文中的"淋雨垌"和"林雨"就是现在的屯名林玉屯（后来将"淋雨垌"和"林雨"改为"林玉"的人，文化水平要比他们厉害得多，可惜不知道是哪一代的祖宗了）。

我多方查证和倒算，知道出生于清乾隆三十三年（1768年）的开山始祖牙素克，是在嘉庆元年（1796年）他28岁时带着刚满1岁的儿子牙毓王，从东兰县长江乡贡老村到此居住的，此后几经繁衍生息，至今已有九代人。在历代族人的共同努力下，到我们这一辈，才出几个像点样子的读书人，我便是其中第一个考上大学本科的。看来，所谓吸取天地精华，说的就是我们屯的这类情况吧。九代人一代接一代的吸取，历时两百年，也够悠久的。我当时考了全乡第一，政治科还摘取河池地区状元，算是蛮猛的。传说公榜那天，我的名字赫然排在本科那一栏里，而且红榜上那一栏就装着“牙韩彰”一个名字，还间隔了大约三行的距离，才到大专、中专那一栏。公社的廖书记在贴榜文的圩庭上对群众说：“学生就要像牙韩彰这样，把高考这一炮打得响响的！”我爸为了去看我的成绩，已是第三次到公社所在地来赶圩了，那天他高兴得在街上喊上几个酒友喝了不少酒。回到家还杀鸡祝贺，又喝了不少，然后没等那股高兴劲儿过去，就训起弟妹们：“读书就要像五哥（我排行老五）那样读得响响的！”唬得弟妹们战战兢兢，饭都吃不安宁。

林玉屯自从出了我这个本科大学生以后，就开始在左邻右舍冒出了点名气。但我知道，由于我的名气很有限，家乡到现在仍然极少为外人所知晓，因此，我一直在想着怎样搞点名堂使家乡出名，写这篇文章算是其中的努力之一，写完文章后就进一步打算拉上几位外面的文化名人（不一定都达到徐霞客先生那个档次）到家乡去，在那里待上几天，让他们钻钻岩洞，爬爬山坡，吃吃野菜，然后帮着写写家乡，唱唱家乡，画画家乡，摄摄家乡，如果条件允许，再让他们在对面的山崖上或屋后的山洞里，凿上“人杰地灵”“钟灵毓秀”“高山仰止”之类的几个大字。如此这般搞它几次，估计家乡就会有点名气了。

自我于1979年通过高考走出大山后，据说被家乡当作榜样好多年。好像真应了那句“榜样的力量是无穷的”，三十年来，我们小小的林玉屯每家每户都有人考了出来，有的进党政机关，有的进银行，有的当老师，有的做税务员。现在我有个远房堂弟也做到广西农业银行一个部门的经理；连我八弟也读了大学，现在到北京大学南宁附属实验学校当老师。“北京大学”，哈哈，“那是相当有名的”！我弟在给家乡人做自我介绍时，家乡人没读多少书，记不住那么多字，只记得“北京大学”，后面的一般都省略掉了，所以我弟也就傍上了“北京大学”的大名了。“长江后浪推前浪，前浪瘫在沙滩上”，如今在林玉屯我也就算不上什么名人，我的事也没什么可说的。不过当几年大学生，当几年老师，当几年壮文翻译，当几年新华社记者，当几年党刊老总；写点新闻，写点论文，写点散文，主编几本刊物，出版几本书。如此而已，还不如我爸的故事有趣。

三

我爸现在老了。可是，80岁的老爸可没有常人那种老来愁，声音洪亮，腿脚有力，乐观得很。我回家时看到他老了，心里难过，脸露愁容，他就说，可能再活个十来年吧，哈哈哈……这时我就借用一句话来跟他开玩笑：这种事最好是“上不封顶”。他又是一阵哈哈大笑。

我爸这一生做最久的工作是犁地、种地、记工分、分玉米、分红薯、开会、卖鸡什么的，小孩他是不怎么带的，饭菜也是不怎么煮的。我爸高小文化，识得蛮多字，毛笔字写得很棒，现在家里还有好多部他手抄的《古摩经》。他曾当过好多年的大队会计和生产队长，我记得那一阵子他做得最多的事是开会和读《毛主席语录》。小时我最高兴的是晚上他召开会议，因他是队长，会议地点都在我们家，人多，热闹，就好玩，大人们开会，我就和小玩伴们在玉米地比赛找蟋蟀。其实，我认为我爸做得最好的事情，是抢工分的年月，他带着大伙做的一些事情。那年头狠批单干风，连挑粪、种地、收玉米、收红薯都得集体劳动，一起上工，一起收工，热闹是热闹了，可家里的猪鸡牛羊老人小孩就没人管。我爸就每天定个劳动量，通过抓阄把大伙分为两个小组，开展劳动竞赛，这既不是搞单干，又不是大呼隆，大家积极性很高，哪个组先干完，可以自由去砍柴火、打牛草、捡猪菜、回家煮饭带孩子喂猪喂鸡，不一定非要全屯人员都从早晨耗到天黑；家家户户可以养猪养鸡，没说哪家这是“养”资本主义尾巴；逢年过节，还偶尔杀一头虽属集体所有却由农户饲养的牛来分肉加菜吃。这些牛也可怜，在被宰的前几天，我爸就和屯里的骨干分子努力寻找它的毛病：要么是太老了，也该“那个”了；要么是腿跛了，看了可怜了；要么是太凶了，总是顶伤别家的牛了；要么是太厉害了，一放出去总不记得回栏，还经常野到外村去了；等等。大伙这样找了几天，毛病多的那一头也就被锁定要挨宰了。我们那个屯偏远，从公社到屯里要走大半天山路，只要盐罐不腐烂、斧头不生虫——内部没“屯奸”，这些事就不会有谁来管。这些事虽小，却是其他生产队不敢做的。所以我们屯虽不富，人们却也不很饿。

不知从何时开始，我们屯的那些泉眼全都成了“死泉”，屯里很是缺水，以往家家户户都打土井积水，但很容易漏掉，一旦碰上旱年，就得到十几里外的一条小水溪里挑水，一天顶多两挑。我爸就组织大家在那10亩平地的山边搞了一个巨大的水泥蓄水池，可能有3000多立方米这样的规模，好像是1970年做成的。此后，我们屯就再也没闹水荒了。现在农村扶贫，家家户户建起“地头水柜”，全广西还把修建“地头水柜”作为解决石山地区人畜饮水用水问题的主要方式。大家都说这是石山地区人类饮水史上的革命性壮举，我在做新华社记者时，还专门回凤山采访，写过多篇歌颂文章，其中最引以为豪的是写中亭乡那个5000立方米容量的“壮乡水柜王”，向全世界播发，《广西日报》登了出来。可是我爸看到了，他就说，你没看见我们屯的那座大水池吗？呐，现在都还装着水呢！是的，要说建“地头水柜”，可能我爸带领大伙做的那座，才是最早的。最早的，不就是开创性的壮举吗？我无言以对，只好解释：“你做的那个是方的，现在的‘地头水柜’，都是圆的。”他带着不屑的眼神说，管什么方的圆的，不就是能装雨水吗！其实我爸是对的。现在不知什么原因，“地头水柜”全都是圆形的，选址、凿石、砌墙、批水泥都很难。而且，这堆圆形的东西，摆在那么多山沟里，还可能引来“国际误会”。前几年，大家传一个笑话，美国的卫星略过太空，拍到我们好多大山沟里的圆形“地头水柜”，他们就惊呼中国正在大量秘密建造导弹发射井。

当然，话又说回来，就美国那几个经常斜眼看别国的人而言，就算我们屯沿着山边建造五座圆形的厕所，不加盖，上面漂浮数只屎壳郎，说不定他们也认定我们屯是在建造“微型核航母”呢！反正，现在建的“地头水柜”都是圆形的，难是难，大家乐此不疲，什么原因，我是外行，闹不懂。

四

说起屯中间的那10亩平地，我太有感情了。那是我和屯里的玩伴小时唯一可以打闹玩耍的地方，平，宽，离家也近，打陀螺，烧鞭炮，演《南征北战》和《上甘岭》，用弹弓追打，扔石头，只有这块平地够我们撒野。当然那也得等到秋收以后，此前地里全是庄稼，是玩不了的。那10亩地常年接受四周山上冲刷下来的肥泥和脏水，本来就比其他的山地肥沃，1969年春天过后，那块地上种的玉米、红薯、黄豆和白菜，像疯了似的猛长，玉米棒又大又长，红薯像现在田里种的淮山一样粗，黄豆跟花生没什么两样，白菜叶子跟芋头叶子差不多。翻犁还是那样翻犁，施的肥料与往年一样，种子也是往年留下的，没啥不同。屯里人都说，今年这块地，怪了！

其实一点都不怪。1968年我们那里闹“文革”，我们屯当时虽然只有6户人家40多个人，可闹得蛮凶的。到1968年底不给搞武斗了，就有一批穿戴齐整的人住进了我们屯，人人背后都背着个四方包，胸前挂着毛主席像章，肩上背着一支长枪。进来的这批人当时称为“天峨部队”。其实部队是不会有几人的，大多是武装部干事和大队民兵之类的。记不得有多少人了，我想肯定不会少于 30 个。除了安排住进每家每户外，还在这块 10 亩平地的四周架起了宿营帐篷。屯里突然多出这么多人来，可热闹了。我们家的大门板就被他们卸下当床板，反正有他们守着，晚上也不会有那些阿猫阿狗的来偷东西。“天峨部队”就在那 10 亩平地上，用大树架起个大门，拉来有线广播，绑上一个巨大的喇叭，又在大门两边各贴上两条长长的红布，布上是一串斗大的毛笔字，然后每天带着全屯的人，在《东方红》和《大海航行靠舵手》的激昂歌声中，列队，出操，唱歌，跳舞（后来我才知道那是“忠字舞”），开会，朗读，劳动，杀牛杀猪，煮大米饭吃。我还小，不懂事，哪见过这阵势？开始怕得不得了。我只记得那大米饭，用大簸箕装，热气腾腾，馋得我们口水直淌。我们常年吃玉米饭，又硬又粗糙，这回能和他们一起吃大米饭，天天简直就像过年一般乐。那 10 亩平地大约被“天峨部队”折腾了大半年时间，就安静下来了。第二年开春种上的玉米、红薯、黄豆和白菜，仿佛都变了种，大伙几乎认不出来了。其实，那都是“天峨部队”几十号人搞的。五六个月，天天在上面吃喝拉撒，又踩又踏，单是洗碗洗菜水就可以把那 10 亩地浸泡过两遍，那地能不肥吗？不肥才怪呢！

五

我至今还是不大弄得明白，我的家乡就那几户人，有时却很能闹的。要说怪事，可能这也是大怪事之一。从我懂事时起，开始是共一个祖宗的几家闹，后来对面山脚的黄家也掺和进来，再后来另一家外来牙姓（其实我们都是外来的，因为我们老祖宗来得早一些，这家来得晚一些，我们就称人家为外来的）又掺和进来。闹的内容开始是争工分，那年月出工收工迟到早退都要扣工分的，到年底就算工分来分粮，多几分少几分那是很要命的事，有时为了一两分之差，可以争整个上午。后来没工分争了，同胞兄弟就闹分房。前几年有两个远房堂哥为了分房子的事还打过架，两家人几年不说话。可能闹得最出名的是一个远房堂哥跟那家外来牙姓的一个堂叔争一块坟地，惊动到县上，有个常委带队前来调解，买了猪肉、鸡肉、烧鸭和几瓶二锅头，跟大伙喝得差不多了，就在电视镜头前把两个人的手拉到一起，算是和解，电视也播了出来。现在真没事了。去年清明我回家祭祖，专门去看那个坟地，其实也就是可以种两三窝玉米这样的地盘。巴掌大的地，值得这样发飙吗？前几年拉电，电杆安在哪一家的地都不让，拖了好多年，别的村屯都通电了，我们屯的人还经常提着空酒瓶去给煤油灯买煤油，直到被别村的人笑话了，大家觉得不好意思，最后才把电拉进来。当然，农村里这种闹法，我们屯不是第一个，也不会是最后一个。我一直在想，人们为什么这样爱闹？想不通，大概这就是“矛盾无处不在无处不有”的具体体现吧。说的也是，没有矛盾，这个世界成什么世界？

好在闹归闹，大闹过后就是和好，低头不见抬头见，能闹到哪里去，还是融洽的时候多。每当这时，哪家有什么客人来，杀了鸡，煮了腊肉，有好酒好菜，都会把其他家的家长喊来作陪，来的人也不会空手，要么一只鸡，要么一挂腊肉，那一餐就很丰盛了，吃不完，家主还给每人带点回去给小孩。每年春节，我们有杀猪过年的习惯，那是我们等待、盼望了365天的好日子。一般从腊月二十五开始到二十九，全屯轮流着杀，大家先商量，每天两家，轮到哪家杀，全屯男女老少全来帮忙，大家兴高采烈地谈论哪家的猪喂养得最大最肥，哪家的猪板油特别厚，哪家的猪肉特别好吃，哪家打的活血结得硬，哪家的灌肠特别滑爽，等等。

六

要说热闹，我记得每年上交公粮的日子是最难忘的。那年月，每年一收完玉米，摆在首位的任务就是上交公粮。大家都很自觉地选每棒玉米的中间部分来脱粒，晒干，然后用马驮到公社粮所上交。因为每棒玉米的中间那部分始终是颗粒最饱满的，容易达到标准。送交公粮的日子有时还请人来帮忙，最多每户可以有 5 到 6 匹马。全屯几户，就会有浩浩荡荡的几十匹驮粮的马，组成很长的马队，沿着山路，摇摇摆摆，从这边山坳蜿蜒到那边山坳，跟在马屁股后的赶马人，一路吆喝一路喊山歌，我们小孩能跟去那是够开心的了。但那一天在家里做饭等的人可不好玩，他们就会提心吊胆地等待，老是想今天这公粮是否交得顺利。

交公粮也是有故事的。因为这可不是件容易的事儿。一般全公社的人都赶在一段时间里交，公社粮所的收粮员不够，常常是排很长的队。那几个收粮员那段时间可“牛”了，当天几百斤粮食能否顺利交上去，命运全悬在他们的手上。一般程序是：轮到了，我爸把两麻袋的粮食往磅秤上一放，收粮员坐在秤的后面，慢悠悠地叼着红灯牌或青竹牌香烟，先是看我爸一眼，然后问晒了没有，我爸说晒了，再问晒够干没有，我爸说很干了，再问晒多少天了，我爸说多了，记不得多少天了。他哦了一声，说那我看看。他说看看可不是用眼睛，而是要用那只魔鬼般的手。这时候我就看见我爸的脸色立马变了！因为收粮员他那只手已经狠狠地插进麻袋里去了。约 30 秒，那只手出来，嘴巴说还不够干，再晒一阵。我爸就灰溜溜地扛到晒场的太阳下去晒。其实收粮员那番问话全是废话，你干脆把手插进去，说过关不过关不就完了吗？人家早上从家里出发，中午到达，排 2 个小时左右的队，饿得要命，哪有闲心听你那几句没用的话。但没办法，他说还不干，你说很干也不算数，所以就得继续晒，一般晒到下午 5 点就可以了。被喊加晒的人就惨了，回家还要走三四个钟头山路。如果晒到一半，碰上下雨，一个人面对晒场上那一大片玉米，动作再快也只能徒唤奈何。所以，送公粮上交没有哪次不是半夜才回到家的，在家等的人没有哪次不是提心吊胆的。

自从把地分到各家各户后，上交公粮的日子就已经远去了，可是我们屯的人对粮所收粮员那只手始终不能释怀。每说到此事，他们都会恨恨地数落那只手一番。可以想见，在那漫长的上交公粮的日子里，我的父辈们肯定被那只手折腾得不轻。

我觉得，家乡人闹到一起也好，闹不到一起也罢；相互吵几句也好，经常聚在一起喝酒也罢，其实都是我的父老乡亲沟通、交流、来往的一种方式。就像一家人，吵吵闹闹，和和好好，都是兄弟姐妹早晚共处的存在方式一般。如今没有集体劳动了，大家也不用一起寻找老牛的毛病了，杀年猪也没有全屯人一起评价哪家的年猪肥、板油厚了，想再让那只魔鬼般的手折腾几下也不可能了。然而，那种热闹、那种来往也就随之不见了。现在我都不知道，除了偶尔响起的那几下划拳猜码声，屯里到底还有什么能称得上是热闹的事情?

七

转眼间，我自 1979 年高考出来以后，至今离开家乡已有三十年了。三十年来，家乡的变化是很大的。通电通公路，口粮早已经绰绰有余了，而且现在人口少了，不用把玉米种到山崖下了，山上又有了巨大的树、丰茂的草，个别泉眼又开始冒了出来……每次回家我就想，用什么办法让家乡富起来呢？就那么个小山屯，以前我实在想不出来。山上除了长草长树，有飞鸟，有乌鸦，有猴子，有黄鼠狼，有竹鼠，有果子狸，偶尔也发现一些多年不见踪迹的黄猄和麝，还有就是可以种玉米、红薯、火麻、黄豆这些家常食品。

有一天，我突然受“靠山吃山、靠水吃水”这个规律的启发，脑筋急转弯：原来这些就是家乡的长处呀！家乡既然拥有这些好东西，就应该好好依靠这些东西尽快富起来。做法应该是：把连同我们屯那一带的十几个山寨划作生态保护区，让住在里面的村民负责保护林木，粮食由政府补贴，这样不过十年，那里肯定会出现猴子成堆、鸟雀成群、野菜遍地、泉眼叮咚的景象；山上不用大量种粮，只种少量的红薯、火麻、野菜等，饲养少量的山鸡、野猪等，再帮助农户把房子盖好点，教他们搞一些农家乐之类的度假休闲设施，把进屯公路再整一整。盛夏的城里，人们全要躲进空调房才能吃得下睡得香，而我家乡一年四季凉爽宜人，夏季白天最热不超过25摄氏度，晚上全都要盖被子才不至于着凉。这样的地方，那才真正是最适宜人们居住的地方呢，它肯定能吸引外地的人来度假、休闲，住农家房，吃农家菜，购买农家山货……家乡的父老乡亲就可以靠生态保护区带来的综合效益，走上既能靠山吃山、又不会“坐吃山空”的新生活。

我为自己能想到这个办法兴奋得好几天没睡好觉。

2010 年

面对故乡，我只有谦卑和低语

一个没出过名人的家族或村庄，最后的结局，必然是默默失语于时间的长河，外人既不知其来路，更不知它将要走向怎样的未来。

这样的感慨，在每次深情触摸我的故乡“方形水槽”林玉屯时，都会强烈地从心底汹涌而起。自从我们的开山老祖牙素克老先生，在这里砍倒第一棵树，烧起第一把火，煮熟第一锅粥，至今，这里的亲人们已经绵延生息了两百多年。

我也曾到过全国各地不少的村庄。那些或平原，或丘陵，或大漠，或临海的大大小小的村庄，夕阳笼罩之下，三三两两的农人们，荷锄晚归，裤脚卷起，身后背篓里的几根红薯藤随着不紧不慢的脚步摇曳生姿。人们窃窃私语的闲谈伴着身侧数只鸡鸭的叽嘎叫唤，前面不远就是晚雾开始升腾的静静的小河。此情此景，往往让我陷入沉思而迷惘：这样的生活是什么时候开始的，还将走到何时，会有结束的一天吗？

两百多年来，我的家乡林玉屯也曾设想铺展这样一幅田园牧歌的画面，只是上天寡恩薄情，没有让这里拥有一条河流甚至一条小溪。缺水的林玉屯，也缺乏绵延不断的波光粼粼的故事。我在写第一篇关于它的文章时，想着家乡不能老是缺水，就给它冠上有个“水”字的“方形水槽”的标题，名为《“方形水槽”林玉屯》。这篇文章几年前就发表在《广西文学》上了，但那也是因为林玉屯的形状就像一个放大了的“方形水槽”罢了，我的家乡终究还是缺水。而有些读者眼睛犀利，一看这标题就完全透析了我的内心想法，为什么叫“水槽”而不叫“猪槽”“马槽”？它们长相应该是一样的啊！说得太对了，但我不想给生我养我的家乡那么难听的名字，一定给它一个好一些的叫法，才比较对得起我的家乡。我才不像个别写作者，那么喜欢把最丑陋最庸俗最难听甚至最污秽的词语都用在自己的家乡上，并长期乐此不疲。我家乡的亲人们两百多年来，也像其他村庄的人们一样，早出晚归，作息不止，耕读传家，世世代代。但是，耕，倒是一代接着一代，而读，却没几个像样的，所以也没有任何人留下任何记录祖先生活的文字。面对这样的家乡，我甚至怀疑，我的祖先们到底知道多少外界的沧海变迁，知道多少人世的繁华或苍凉。这又让我的沉思和迷惘更加深重起来。

“方形水槽”林玉屯外界没人知道，这是很自然的。这里没有出过名人，也没有什么名人来到这里晃荡过一下或题写过一两块牌匾，更没有什么大人物到过以后在那些平滑的巨崖上刻过什么字，所以，如今不管谁来到我们林玉屯，都不会像一些人那样刚到一个新地方就毫无来由地产生莫名其妙的旷古幽情。

两百多年前的公元1796年，那是民间传说“鱼怕换塘、人怕换皇”的年份，乾隆爷做皇帝太久了，可能感到不好意思，把皇位传给了第十五子爱新觉罗·颙琰，年号也改为嘉庆元年。当时的情景估计是这样的，桂西山区的崎岖山道上，走过一个年纪28岁的农村青年，他留着一条大辫子，或者纯粹属于游手好闲，喜爱外出走村串户，又或者是家里穷得揭不开锅而外出逃荒讨米，无意中走到了一个小山弄，突然就喜欢上这里。这个小山弄四周都是高大的山，只有往东有一个出口，出口外面又有一座马鞍形的山把村庄堵住，只留一个小山坳与外面相通，形成双口锁龙、易进难出的地势；这里土地肥沃，人烟稀少，四周山上的好多弄场都没有开垦，虽是石山地区，但山上树大草深，到处泉水叮咚；从四周任何一个山顶望下去，整个屯的形状就像一个四方形的水槽，水槽底部那块有十几亩宽的平地，方方正正。这里已经有过山瑶居住，但也许就是一户或两户，根本抵挡不住野兽或外来人的侵袭。年轻人走进他们家，说了自己的想法，也许谈论很久，喝个通宵才定得下，也许一拍即合，三码即定输赢，反正最终肯定得到了他们的同意。于是，过了大约一个月或更久一些时日，年轻人从他老家东兰县长江乡贡老村（现在称“三堂村”），带着妻子和当年出生的一个男孩，来到了这个屯。

现在你应该知道我说的故事了。这个年轻人就是林玉屯的牙氏家族开宗立族第一人，我们现在称为“开山老祖”的牙素克老先生或称“素克公”，他妻子牙门韦氏老孺人，就是林玉屯牙氏家族的第一代老奶奶。他们在林玉屯居住后，还生了三个女孩，但碑文都没有她们的任何信息，韦氏老奶奶只活到 39 岁就去世了。他们从东兰带来的这唯一的男孩，碑文记载，他就是林玉屯牙氏的第二代祖宗，当时名叫“牙王”，我按辈分倒算，他属于“毓”字辈，真名就是牙毓王，他是当年九月初九卯时在老家东兰县长江乡贡老村出生，他被父母带到林玉屯时才有几个月大。有名有姓的这一家三口就是我的祖先。如今，他们的子孙已经在这小小的林玉屯繁衍生息了九代人。

一个家族就这样生生不息地在这个大山深处繁衍着。生生不息的家族史肯定有它生生不息的生龙活虎的故事。但我的祖先们的故事大都湮没在了林玉屯四周大山的深草里，结束在他们或漫长或短暂的生命断裂处。口口相传下来的，只有高祖父培云公被仇家杀害和高祖母罗氏奶奶带着五个小孩东躲西藏的逃难故事比较清晰。

素克公一家到林玉屯居住后，苦心经营，勤俭持家，到第三代即我高祖父母这一辈，他们开始有点积蓄了。高祖父有三兄弟，他是老二，大哥是培运公，老三培通公早亡无后。传说我高祖父一家拥有十几头牛和十几匹马，高祖父又是远近闻名的铁匠，全家收入来源正常，渐渐成为殷实之家。高祖父母生育有五个男孩，人丁发达，是不是还有女孩，碑文没见记载。本来日子过得平静而安乐，不知什么原因，高祖父跟遥远的另一个屯的人结上了仇，被仇家追赶到林玉屯来，非要把他杀害不可。当时我们祖宗的房子四周种了很多巨大而茂密的刺竹，高祖父躲进竹丛三天三夜，仇家到处寻找都没找到，后来高祖父可能饿得受不了，一时大意钻了出来，半夜就被一直守候在侧的仇家杀害。高祖父生活的年代已是清朝末年，当时国家正值外敌入侵，风雨飘摇，百姓生活也是朝不保夕，但到底是什么具体原因，高祖父跟人家结上如此深仇大恨，对方非要置他于死地才肯罢休，后来的老人们一直都讳莫如深，只是说高祖父由于经常到林洞圩、板吉圩设点打铁，为邻村农民打制农具，生意越来越好，在深得当地农民兄弟喜爱的同时，也引起一些人的眼红嫉恨，最后与人结了仇。老人们甚至都没有说过跟他结仇的那些人到底是哪个村屯的。这样的说法我们也知道过于简单，似乎不能成为高祖父被杀害的真实理由。现在我们只有猜测，他们结仇，也许由鸡毛蒜皮的小事引起，也许对他们来说已是不共戴天；也许对方过错在先，也许是我的高祖父先有不是。但不管怎样，时间已经过去了一百多年，再大的怨恨也早已烟消云散。当时由于家族没有一个可以说得上话的人出头，杀害我高祖父的那些凶手没有被追究任何责任，都逍遥法外了。

高祖父被害后，五个尚小的孩子便由高祖母带着四处躲藏，据说跑了好多地方都不得安生，最后到几百公里远的南丹县某一个山村，才躲过好多年，待到事情逐渐淡化，她才带着儿子们返回林玉屯居住。但回来后，原来的土地已被人家分掉，孤儿寡母，势单力薄，哪里争得过人家，高祖母不得已又筹钱去跟人家买回一些自己的土地，才得以勉强养家度日。五个儿子，其他人都是由于种种原因没有传下子孙后代，只有排行老五，也就是我的曾祖父玉伍公一脉繁衍子孙，才有我们现在家族的四处开枝散叶。想想高祖父被杀害的那天晚上，月黑风高，甚至还有大雨浓雾，伴着仇人得遂心愿后的张狂吼叫，高祖母和孩子们不知惊恐害怕到什么程度！但高祖母应该是很有胆略的人，她果断带着五个孩子立即外逃。四处躲藏的逃难，那日子肯定是非常艰难的，但再艰难也被高祖母克服了，是她保住了我们家族这一脉能够传到现在，因而也才有了今天的我。好人命长，高祖母是长寿之人，到她曾孙也就是我爸这一辈都还见到她。我常常在想，我们的村庄，我们的故园，甚至我们的民族，不知有多少个像我高祖母这样的人，在大灾大难面前，凛然不惧，才保住我们一家一村一族一国的绵延不绝，以至自强不息！

如今，那丛藏不住我高祖父的茂密竹林早已不见踪迹，现在的屋子几经移位，也已不是高祖父母当年的老宅基。当年祖先们怎么也想不到的水泥公路已经铺到我们屯 12 户人家的每家每户门前，祖祖辈辈肩挑马驮的艰难日子，从此成为后辈儿孙口口相传的遥远故事。沧海桑田，不变的只是林玉屯四周高大翠绿的山，还有“方形水槽”底部那块十几亩大的方方正正的地块，年年岁岁，玉米和蔬菜轮流着青了变黄，黄了又青。

其实，在凤山县，那里的千山万霁，那里的大小村屯，那里的家家户户，他们曾经栉风沐雨，曾经风餐露宿，曾经晨观朝霞晚看夕辉，出作归息耕读不止，和我们林玉屯一样，祖祖辈辈在被称为故乡的大山怀抱里生儿育女，从相濡以沫的数口之家，到熙熙攘攘的上千族人，不知上演过多少守望相助的动人故事，上演过多少家长里短的无奈争吵，也上演过多少欲罢不能的爱恨情仇……

是什么让我对故乡如此深深眷恋而难以割舍？不是什么沧桑古老的牌匾，也不是什么光滑青幽的石板路，更不是什么名人的石刻题词，甚至也不是那些已经再也找不到的一栋栋木架砖瓦房，而是那些隐没在杂草深处的祖先们的坟茔，它们或有碑，或无碑，或有字，或无字，或微微隆起，或已成平地，却永远响彻着渐行渐远的脚步声，时时在召唤我的灵魂：回来吧，这里是你的出生地，我们都在注视着你！我曾经扒开那些厚厚的茅草，用黄色的泥巴涂抹在碑面，让岁月湮没得难以辨认的碑文显露出来。我仔细凝视着那些隐隐约约的笔画，几十个石碑模模糊糊的字迹，已经再也找不到这些生龙活虎的先人们浓浓的烟火人生。他们的快乐，他们的痛苦，他们喝酒猜码的酣畅淋漓，他们争吵闹架的急火脸红，早已被小小林玉屯的四周青山吸收容纳，化为烟消云散的久远传说。只有毓王公的墓碑碑联“壬山生子贵；丙向有贤郎”，一直清清楚楚地顽强抵抗风雨的无情剥蚀，我每次与它对视后都会陷入深深冥想而诚惶诚恐。看得出，这是毓王公的儿子、我的那个被仇家杀害的高祖父培云公生前和他大哥培运公两兄弟，在公元 1871 年 2 月 16 日给自己老爸的坟墓立的碑，这个碑联当然也是从大家通用的碑联改编而来，它只是紧扣毓王公所下丧的飞鹅山的朝向而用上“壬山”和“丙向”而已，而且对仗也不算工整，但我依然读出它独特的异样含义。它让我时时反复沉思，我们这些后辈儿孙，无论是富贵发达，抑或生活依然艰难困苦，无论迁徙他乡，抑或远嫁到了别处，都共同面临一个思考，到底如何发奋努力，如何成就宝贵人生，如何积善积德耕读传家，才能对得起列祖列宗的殷殷厚望？时间流淌，不舍昼夜，属于我们的过程也不是可以自主选择的。少年时代，我外出求学，后来又忙于成家立业，曾有近十年的清明节没有回家拜山祭祖。面对家乡，面对亲人，面对祖先，我们是永远有愧的。也许是因为忠孝不能两全，也许是因为能力有限而顾此失彼，也许是因为偶尔心态失衡而缺乏自觉作为，凡此种种，都在向我们示警，自己就是做得再多再好，也会有疏漏的地方或时候。因此，我们没有任何理由去要求别人或教导别人该如何热爱家乡，热爱亲人，更多的应该是谦卑和低语地走着或鸟语花香或布满荆棘的路，多问问自己，我们到底如何去做，才对得起家乡和亲人的期盼，才对得起祖先们在天注视着我们的一双双期待的眼眸。

“但愿苍生俱保暖，不辞辛苦出山林。”我是走出了大山深处的林玉屯，但并没有能够为家乡亲人做出什么像样的贡献，甚至连自己亲生父亲的坟墓也没有砌上像样的砖石。今年清明节，我回老家拜山祭祖，默立在四年前去世的我爸的坟前，望着只用粗粝的石块简单垒成的坟墓，望着坟头那“唰唰”鸣响的五彩纸幡，万般的悲情汹涌而来，不能自已！而我爸去世的那天，遵照村里老人的说法，时辰与我出生的时辰相冲，我是不能像我哥我姐我弟我妹那样，可以跟其他前来帮忙的亲友一起，扶抬我爸的灵柩送他最后一程的。这又是怎样一种由命不由人的无可奈何的痛苦！

2018 年

半工半读

一

可以肯定地说，如果我不写这篇东西，这所学校在人们的记忆中彻底消失是不会有任何疑问的。

多年前的一个春节，我从首府城市返回林玉屯老家时曾经路过一次，学校已经面目全非。本来就只有一半茅草一半泥瓦遮盖的房顶，茅草和泥瓦早已不知去向，那剩下的半面土夯墙，那四面空荡且已基本散架的房子原木骨架，一致向我暴露这所学校的腐朽速度和衰败程度。看得出，无情的岁月没打算放过这里的一草一木，一砖一瓦。这所名为沙爱

“五七”中学的学校，尽管人们把它建在一个远离村庄的当地壮话叫作“平凡”的山谷里，似乎有点逃避人间烟火的意味，但最终还是逃脱不了万事万物都有生死存亡的宿命。

对人生际遇有时候无能为力，在初中毕业后的升学问题上，我第一次有了切身感受。1976 年 7 月我初中毕业，大队党支书说，沙爱“五七”中学是响应毛主席号召开办的，是半工半读的学校，今年第一年招生，林玉生产队的韩彰和韩波两兄弟，韩彰身体健壮一点，你去“五七”中学吧。于是，此后的两年，我就在这所“五七”中学里度过了半工半读的高中生活。当时我还不满 14 岁，少年娃仔，正是读书的大好时光，却因大队党支书的一句话，就来到这个山沟里半工半读。

不知还有多少人记得，当年，学生升学跟工厂招工、单位招干一样，大队党支书说了算，其他人好像都没有什么话语权。我们大队的党支书是部队回来的，毕竟见过世面，他当然知道，创办了几十年的沙爱高中和刚刚开办第一年的沙爱“五七”中学之间是有差别的。我不知道他的决定是否包藏什么私心，但对我而言，这一辈子就因他一句话永远失去了读正规高中的机会。三年后，为参加高考，我到公社所在地的沙爱高中补习一年，虽然也算沾上高中的边，但毕竟是插班补习的，原来的沙爱高中学生并没有把我们当成正宗高中生这是肯定的，是不是个别老师也有同样的想法，我不敢贸然揣测。这也不能怪他们，用我爸生前常常跟我说的话，就是人看人，主要看他坐什么凳子。我没坐上正规高中班的凳子，人家自然不会把我当成正规高中生。我爸初小毕业，书读得不多，但活了 86 年，人生经历丰富，他这句话到很久以后我才真正体会到它的深刻含义。

虽然沙爱“五七”中学不是正规高中，只是一所半工半读的学校，但它是我盛放少年梦想的地方。学校创办的背景，当时我们是不知道的。而后来知道的情况，是跟一份叫什么“五七”指示的文件有关，具体情况跟大家现在知道的一样，也不必在这里啰唆了。学校建在远离人烟的一个名叫“平凡”（壮语译音）的山谷里。好在“平凡”此地是东方大队和思务大队之间的必经之路，东方大队的人常常穿过我们学校，经过思务大队到达沙爱公社所在地。沙爱公社所在地有非常热闹的沙爱圩亭，我们都叫“沙爱街”，逢三逢六逢九是赶街日。平时来往这条路的人倒是蛮多，这让我们感到学校所在地不至于真正的荒无人烟。我记得，我们 49 个人构成这个班，是来自沙爱中学和其他 9 个大队的初中学校的毕业生，班里大多是男生，女生到底有几个记不清了，好像不超过 10 人。49 个小孩子加上几个老师，集中在一个大山谷里，天天面对荒山野岭，还要半工半读，达两年之久，就是用现在的发散式思维去想象也是很难想象得出当时的种种艰难境况的。

二

以前，家乡人流传一个故事，说一小伙子外出参军数年后退伍回家，见石磨，问妈妈这是什么，见对舂，问妈妈这是什么，见南瓜，问妈妈这是什么，见玉米，问妈妈这是什么，用的都是不土不洋的普通话。有一次，妈妈被问得心烦，决定为难他一下，就喊他爬到装米的阁楼去拿几捆玉米下来。待他到了楼上，妈妈就把梯子拿掉。小伙子在上面开始还是用普通话跟妈妈说话，叫妈妈把梯子放回来，妈妈就当作没听见，埋头做家务。时间一久，小伙子尿急了，就来了一句土话，妈妈才说，原来你还会说家里的话呀！

我不喜欢现在有些写文章的人主动去扮演那个小伙子的角色，明明生长在大石山区里，却摆出一副来自北京、上海，甚至美国纽约那样“高大上”的古怪模样，看自己的老家像是外星人打量地球人类一般，每一样都是莫名其妙的陌生，甚至也拿着架子学着人家说什么自己的家乡不适合人类居住呀，等等。我在沙爱“五七”中学这两年是有些艰难，但毕竟这是学校，还有老师上课，还有几十个男女同学一起读书，一起劳动。每天早晨天还没亮，还有一个躲在茅草屋檐下的高音喇叭播放一些很是激昂高亢的音乐，总是比在老家林玉屯毫无声息地干农活的好，因此，现在我回想起当时的境况，不会像上面那个小伙子使用那种话来说事，我是觉得那两年在我人生履历里也算得上有些朝气蓬勃的味道。

沙爱“五七”中学由三间房子构成，一个是我们男生宿舍和大教室，一个是四个男老师、一个男工友和女生的宿舍，中间当然都是用很厚的土墙隔开的，还有一个做厨房。没有供老师专用的办公用房，只在老师的宿舍里分出卧室和办公间，本来就是要你半工半读，体验艰苦奋斗的，哪里还搞专门的办公房！厕所是到远离宿舍的山沟边搭起两个小木房解决的，当然是男女分开，各用一个。所有的房子都是土夯墙围着，原木做房梁架子，我们男生和大教室的房顶就是刚才说到的一半用茅草一半用泥瓦来盖，其他房子全是茅草盖顶。这样的房子现在就算是很偏僻很贫穷的农村也找不到了。

学校的性质很明确，半工半读。开始是上午上课，下午劳动，后来觉得下午太阳猛，我们这些小娃仔干农活太累，就改为上午劳动，下午上课。课程是用高中教材，老师却是从各小学调过来的，四个老师一个工友。四个老师当中，一个兼做校长，教政治课，主要是教我们读语录，一个教语文，一个教数学，当时叫算术。那个工友说是给我们煮饭菜，其实我记得，他好像只给老师煮小灶，我们学生的饭菜是我们学生轮流做“给养”解决的。“给养”这个词我都差点忘记了，回忆半天才想起来。

这些老师带领我们开荒砍树，挖地种玉米、种红薯，甚至把学校背后的大山和隔着水沟的左边大山这两座很大的荒山开辟出来，种上了小米、红薯和黄豆，做这些事一点问题都没有，但给我们讲授高中课文却有些为难他们了。不管怎样，我们毕竟都是初中毕业生，知识还是有一些的，特别班上有好几个本来成绩就很好的学生，是完全可以直接上高中的，后来的发展也证明了这一点，几年以后我们这几个“高材生”全部都出来参加工作，有些是参加高考出来的，有些是招工招干出来的，有几个还当上了一定级别的领导，我也算其中一个。这倒不是胡乱吹牛，三年后我以沙爱公社近五十名考生中总分第一的成绩，直接被广西师范大学录取，破了沙爱高中恢复高考三年无人考取本科的记录，就是证明。略微不同的是，入学时学校叫师范学院，毕业时证件上就写上师范大学了。

平时我们经常听到老师说一句话，就是“要给学生半桶水，自己得先有一桶水”。但我感觉，沙爱“五七”中学的四个老师，这一桶水并不怎么满，倒有点像我们学生，一半的桶都不怎么到。我看得出来，每当上课时，老师虽然声音很大，但总有些掩饰不住的紧张和心虚，因为他们得时时提防我们几个“高材生”的提问。有一次，教语文的魏老师给我们讲解语文课《江河》，里面有个词叫“蜿蜒曲折”，魏老师把“蜿蜒”念成了“碗停”，其他学生也不懂，跟着魏老师雄赳赳气昂昂地大声念“碗停”，而我小学的时候刚好遇上一个语文厉害的王学道老师，王老师教我小学语文课，我是学到不少知识的。而读初中时又碰上一个姓卢的语文老师，该师虽然有一些毛病不好，但他是正规师范学校毕业，语文课也教得好，所以我知道“蜿蜒”这个词该怎样念，知道魏老师是念错了。于是，就举手示意发言，得到允许后，站起来大声指出魏老师“碗停”的错误。这一举动当场让魏老师难堪，当然课后是被他叫到办公室狠狠“叼杠”（当地俗话，教训或批评之意）了一轮。经过这一次“叼杠”，我不敢继续在课堂上揭魏老师的底了。其实，好像还有一次，魏老师讲课时发现一个比较“依妖”（当地俗话，怪异或易混之意）的字，这个字就是“夭”字。魏老师一下子念不出来，嗫嚅半天，最后说，这个字呢，念“天”嘛，上面那一笔却是撇的，不念“天”嘛，又不知道怎么念，我们暂时把它念作“天”吧！“暂时”一词在这里运用得多妙啊！魏老师脑筋急转弯不错，而我却差点忍不住要笑出声音来。这回我是不敢在课堂上举手发言纠正魏老师的错误了，但这不并等于我对老师的错误长期保持沉默，过后我还是把魏老师的“天”“夭”不分传了出去，最后当然又少不了挨一轮更狠的“叼杠”。

三

世上令人讨厌的人有很多种，其中一种就是爱管闲事的人。一个班上要是必须有这样的人，班长往往就顺理成章地担当这个角色。我被魏老师“叼杠”后，本来事情也就结束了，但名叫杨强的班长，却多管闲事起来。杨班长年纪比我大，也比我壮实，虽然我已经被大队党支书认定为长得比较壮实了，但在杨班长面前，我要是想用“壮实”这个词，它溜到了嘴边也会自动逃回肚子里去。我这样一小个子，如果都能用得上这个词，那班长就不知道该用什么词来形容了。他又是从邻近公社所在地的初中来的，算是来自大地方的人，会做事，也会来事。我被魏老师“叼杠”后，他“多管闲事”地又叫我到他的座位前站着，装模作样慢慢悠悠地从口袋里摸出一个红本子，打开到其中的某一页，叫我跟着念“毛主席教导我们说”，顿一下，说“念”，我就跟着念“毛主席教导我们说”，顿一下，他又念“虚心使人进步”，又顿一下，说“念”，我又跟着念“虚心使人进步”，顿一下，他又接着念“骄傲使人落后”，顿一下，又说“念”，我又跟着念“骄傲使人落后”。如此反复，达五次之多。然后又板着脸孔严厉指出我的严重错误，严肃地要求我开展自我批评，认真地给他写一份深刻的检讨书。应该说，杨班长运用这段语录来教育我批评我，材料运用得当，理论联系实际，批评的现象抓得精准到位——我就是比魏老师多懂那么几个字嘛，不值得骄傲的。念这段语录倒没什么，写这些东西也难不倒我（这倒不是因为我经常挨写，我从读小学到大学毕业，十几年的求学经历，挨老师“叼杠”很少的。当然，这又是从另一方面说明一条，我在学校并没有什么特别突出之处，老师们对我的关注基本可以忽略不计，可能在沙爱“五七”中学半工半读的两年是例外）。可恨的是，在班长罚我跟着念语录的时候，旁边就有几个女同学在那里坐着，装着看书的样子，其实我就知道她们根本不是看书，而是在偷看我出洋相。那几个女同学里面，又有几个长得漂亮的，据说还是公社粮所干部和理发店职工家庭的女孩，这更让我对杨班长恼怒有加。

杨班长后来哪里也考不上，回农村老家从事生产劳动，我们戏称为“修理地球”。再后来，据说杨班长忍受不住“修理地球”的苦和累，干脆去做“麽公”，也兼做“风水师”，我们叫“地理先生”。至今我们都不知道杨班长是怎么学来这套东西的。一顶有前沿的青色棉布帽子软塌塌地戴在头上，斜肩背着个四方形绿色挂包，包里装着罗盘器（指南针）、小铃铛、小剪刀和几本手抄的方块壮字麽经等诸多“宝贝”，当然，一个三两装的扁平的小酒瓶那是肯定少不了的。从此，他开始走村串户，帮这家看看风水，算算良辰吉日，定夺宅基地等；帮那家做做法事，立神位封四门，求神仙求祖宗保佑。

整日游手好闲，脸红“fefe”（壮语语音，红色的后缀词）的，半醉不醒，装神弄鬼。

了解门道的人，对杨班长背包里那些“宝贝”的用途都会很好理解，但对其他人来说就得另当别论了，特别是那把剪刀，到底有什么独特妙用，就不见得人人知晓了。据我了解的情况，那把小剪刀除了用来剪纸之外，一个最主要的用途，就是杨班长做法事的过程中，随手就可以掏出来迅速剪断熟鸡的鸡腿来提前享用。这要比使用切菜刀和砧板不知方便多少倍。等到杨班长念念有词个把两个小时，把法事的所有工序做完，那只所谓祭神拜祖的熟鸡有时两条大腿就不见了踪影，到摆上桌全家一起吃饭时，小孩子一般不懂事，口不择言，就高喊“大鸡腿不见了”，这时就招来大人惊恐而紧张又严肃的责骂：“不要乱喊，鸡腿给鬼神吃了！”小孩子最怕鬼，尽管对大人关于鸡腿的去向说明有所怀疑，但也不敢再出声叫嚷追问了。我想，“多管闲事”的杨班长的那把小剪刀肯定对付过数量不少的鸡腿。

四

在沙爱“五七”中学半工半读的两年，我左脚面那个疤痕是一道最伤痛的记忆。它位于两只脚丫中间位置靠后一点的部位，现在表面仍然呈扇形扩散状态，四周众多不规则的细纹围着一个半节食指长的长形白色疤痕，顽固地在那里发出惨亮的微光，比它邻近的皮肤更为耀眼炫目。每天睡前我把袜子褪下，它就踊跃在我的眼前，此时此刻，我自然而然都要与它默默对视几秒钟甚或几分钟，任由那两年半工半读的点滴故事又轰隆隆地来到我的脑海。

干农活容易受伤是众所周知的事。我们在沙爱“五七”中学“半工”的时间里，手脚被割伤刺伤是经常发生的。而“平凡”这个山谷的荒山野岭，最爱割伤我们的就是以巨大而刚硬的芭茅为首的那些各种各样的茅草，最爱刺伤我们的是浑身是刺的那些叫不出名的树和藤。也许吧，那时的人被伤害惯了，比现在的人更经得起各种各样的折腾。对这些割伤刺伤，我们根本就没想到要去找医生看，随手抓一把草药涂抹一阵就再也不去理会它。正是这样大意，我左脚的这个伤差点把我这只脚废掉。

那天，我照常和几个同学到学校后面的大山砍树开荒，我面对的是一棵手臂粗的树，树不大，对付它不难，难的是工作面不够宽。到现在我每当想起，都还在恼恨这棵树，为什么它不长在稍微宽阔一些的坡地上，非要长在那个草丛里，四周全是大大小小的芭茅和带刺的藤条。好不容易，我才钻进草丛内与树靠近，但这样的间距让我实在难以施展手脚。按规范的砍树方法，人和树是要保持一定的距离，手挥砍刀正好碰上树身，而双脚得摆着马步站在正好能使得上力的方位。但那个地方实在太逼仄了，我站在树前，无论转到哪个方位，背后都紧贴着一丛有刺的藤条，稍微一弓身就要被刺着，所以我只能站着操作。

这里我得先描写我们常用的砍柴刀的长相。我用的这把砍柴刀，是当地很常用的款式，木制短柄，刀身大约二十厘米长，尖头部位弯曲如钩，这个钩不长，也就五六厘米，比较尖利。这种刀兼具砍和割两种功能，适用性广。如果没有这种前头带小弯钩的砍柴刀，每次上山还得多带一把镰刀以备割草割藤，麻烦，而这种砍柴刀，只要一刀在手，可砍可割，一刀两用，所以它深得我们喜爱。也是那么巧，我那把砍柴刀从家里带来时，老爸刚帮我磨得十分锋利。此时，我首先轻轻用刀往树身磕碰一下，你知道的，这一刀不是真的砍，而是试探一下刀跟树相对抗时可能产生多强的反弹力而已。根据试探结果和以往经验，这么粗的树至少需要三刀才能砍断它的，结果，由于刀特别锋利，人跟树又站得近，两刀就把这棵树砍断了，而要命的是第二刀，由于判断失误，用力过猛，刀穿过树身后还有余力未尽，那个尖利的弯钩前端就轻轻地碰上了我左脚的那个部位。说实话，自打学会使用筷子到使用锄头柴刀甚至铅笔钢笔等工具，我的左手都不如右手灵便和用得上力，所以，我一直不怎么喜欢使用左手，平时干活都习惯把右手当作主力使用。但这也并不是说我喜欢用自己的右手右脚去跟自己的左手左脚过不去，我仅仅不是“左撇子”罢了。因此，用右手拿着柴刀往左边砍树，柴刀弯曲的前端朝左脚方向奔去，这个方式和角度是规范而准确的。动作没有错，只是由于准确得过分了一点，所以我左脚受伤了。当时看就碰伤一小块表皮，稍微渗出一点血而已，所以也没特别在意，随手抓了些草药捣碎涂抹在伤口上就不再理它。谁知第二天开始隐隐疼痛起来，第三天第四天疼得越来越厉害，而且脚面脚趾开始肿了，五个脚指头紧紧靠在一起，像五个肥肥胖胖的小白萝卜。魏老师知道后，拿来一小块干硬的田七，叫我沾水磨出一些药液后涂在伤处。但他没交代这个药只能涂在伤口的外围，让它先慢慢阻断发炎的范围，从伤口的四周逐步往伤口处愈合，而不能直接涂在伤口上，这才达到医治的目的。我每次都直接涂在伤口处，再逐步往四周涂抹，结果不到两天，伤口合拢了，以为慢慢会好了，但还是没法消肿，而且有越来越疼痛的趋势。那段时间我舅舅和一个表姐夫正在学校帮夯围墙，好像是第10天的晚上，我感觉疼痛的程度有点异常，就告诉了舅舅和表姐夫，他们过来一看，大吃一惊，说你的脚都肿这么大了，怎么不早跟我们说，赶紧回家找药医治。当晚他们就用马把我送回林玉屯老家，山路颠簸，我骑在马上，他们怕我颠下马来，就一左一右护着我，半夜才送到家，全家人被吓了一大跳，以为我得什么大病了。

第二天找来大队姓劳的赤脚医生，按他的说法，伤口严重感染发炎，化脓肿痛，有破伤风的危险，如果再晚治几天，我这左脚肯定保不住了。当时的赤脚医生不像现在的某些庸医恶医，也还没有开“大处方”这类怪异的毛病，他来我家帮诊治，也就是随便跟我们一起吃饭而已，没有要别的费用，所以他没必要夸大我的伤，至多也就是想卖弄一下自己的医术，特意把伤说严重一些，待医好以后便于炫耀一下自己而已。所以，我是相信他说的情况属实。因为我的左脚已经肿得很大了，鞋子根本穿不进去，几天几夜痛得我无法睡觉。劳医生在我家帮医治了一周才慢慢消肿，但疼痛还是没有消除，我依然没法下地行走。他离开时留了一些药水，我爸又到山上找来一些草药又敷又洗，一直折腾了整整一个月才完全康复。但由于伤口严重发炎造成的破坏，那个惨亮的疤痕就这样永久留了下来。

我很感激劳医生。所以，关于劳医生的一些奇闻趣事，如果能说出来，我这篇文章也许更生动活泼一些，但我考虑再三在这里也就不做交代了。

五

一时心血来潮而鼓捣出来的事业，一般都不会长久。沙爱“五七”中学于 1976 年创办，只招收我们这个班的学生，两年后，1978 年就停办了。49 个同学其实有不少只读一个学期就自动离开学校了，最后剩下三十七八个同学坚持到毕业。我们这三十七八个同学的离校可以用“鸟兽散”一词来形容，散伙之后的几十年，我们都没有再集中聚会过一次，现在要搞同学聚会更是不可能的了。1978 年 7 月我从这里毕业后，9 月就到沙爱高中补习，一年后，就如前面所说的，考上了师范大学，从此，一条陌生的道路在前面的某个地方等着我去走。

这么多年过去了，而我也已经不可能再见到魏老师了。魏老师个子不高，国字脸，长得白白胖胖，走路步伐不大，不紧不慢，现在回忆起他，应该是很厚道很善良的一个老师。

我被他两次“叼杠”，也不算坏事，以后做事就谨慎多了。其实，他老家跟我外婆同一个村子，还沾亲带故，离“五七”中学不远，翻过两个山坳就到了。后来我跟我妈回去看外婆看舅舅，还偶尔碰见过几回。沙爱“五七”中学解散后，魏老师被就近安排到思务小学当老师。他以前就是做小学老师的，在这个岗位他胜任有余。再再后来，事情有点悲哀，魏老师的老婆是农村的，他得常常回家帮干农活，有一次劳动不小心被毒蛇咬伤，没来得及送到医院医治，不幸去世了。我现在每想起当时让他难堪，心里总感觉不是滋味。少年懵懂，少不更事，做出的一些事情常常后悔一辈子。

沙爱“五七”中学是再也回不去了。多年来，我一直想再次去看看这所其实早已消失了的学校，却始终无法如愿。也不是一点时间都没有，更主要的是还没有想好，一旦再次回到此地，看到那些面目全非的校址，想起魏老师，想起杨班长，想起劳医生，我该怎么办？他们的事我才说了那么一点点，都没能展开来细说。而且，更有其他那些我没能写进这篇文章里的老师和同学，我已经几十年都没有他们的任何消息了，何以面对？

都已经过去42年了，如果我不写这篇东西，这所学校在人们的记忆中彻底消失是不会有任何疑问的。如果再过去一个42年，还会有什么人想起他们吗？

2018年

三六九圩沙爱街

沙爱街，当然不是城市街道的那个街，严格说它不是真正的街道，它只是我的家乡沙爱乡党委政府所在地的那个唯一的农贸市场。其实就是一个圩亭。所以，也有人叫“沙爱圩”。而我叫惯了“沙爱街”。

从前，每月逢三逢六逢九是沙爱街的圩日，每到这几天，四村八寨的人都来到这里摆卖农产品，采买家庭日用品，或者什么买卖也不做，纯粹是来这里晃荡看热闹，我们就说去沙爱赶街，或者说去赶沙爱街。20 世纪 70 年代末，为了参加高考，我曾在沙爱高中插班补习过一年，那阵子虽然口袋一毛零花钱也不曾有过，但每到沙爱街的赶圩日，总要和几个同学到沙爱街来晃荡几圈。赶街日子人多，我们是饿着肚子来看人的。

今天再见沙爱街，算起来已经时隔38年之久了。街上这栋老木房，不用说肯定是当年的那一栋。那杉木横梁，那火砖柱子，那当地烧制的黑色泥瓦，虽经几十年日晒雨淋，依稀还是旧时模样。

今天是大年初二，正值人们欢度春节，街上只有零零星星的几个猪肉摊和青菜摊，青菜摊上几捆青葱翠绿的上海青和几把红彤彤的小辣椒格外醒目。往来顾客很少。不时有几个人踱步走来，仔细打量我。待到走近，却又转头走开。猜得出，这几个人可能曾经跟我熟悉，只是一时记不起现在我这个头发斑白而脸面几无皱纹的人曾经的模样，不便相认罢了。而另有两个老兄头发斑白程度跟我差不多，大老远就热情洋溢地向我伸出手来，就是要跟我握手的样子，同时还非常热情地大声跟我打招呼，非常热情地邀请我到他们家喝两杯去。开始时我揣测，他们这是在跟别人打招呼，可别自作多情急于搭腔。于是用眼神瞄瞄四周，确定身边没有别的人时，我才敢确定他们这是真的跟我打招呼，只好笑脸相迎，也大老远把手伸出去，做出要握手的样子，等候着他们那双伸了蛮久的手。

说实在，这个样子，我自己都觉得有点怪异。这两个老兄我是肯定不认识的。但毫无疑问，他们是认识我的，而且是确定无疑的认识，不然他们不会是那样的举动。握完手，说完几句好久不见、差点都认不出来了之类的废话后，最后只好以一句“下次一定好好喝两杯”来结束这次有些尴尬的不期而遇。

没办法，我只好辜负他们的热情了。面对这样热情的招呼，这样熟悉的口吻和动作，仿佛自穿开裆裤起就一起玩耍长大，至今又常常一道喝酒打牌一般，我自然不忍心再去询问他们到底是哪一位。他们可能也从我那装出来的热情里看到了我的些许茫然。无论如何，我真的记不起他们是谁了。离开这里已近四十年，我认不出他们，这是很自然的事。

今天来到沙爱街，没想到首先让我碰上的是这一幕，虽然不算精彩，却引起我的某种怀旧情趣，于是，我慢慢悠悠地围着沙爱街转了几遍，仔细端详它的每一角落，努力搜寻脑海深处是不是还残留一些谈得上是深刻的印记。

我在沙爱高中插班补习时间是1978年9月到1979年7月。刚才说饿着肚子到街上转悠看人，那是到赶圩日才有的事。而更多的时间，则是待在那间破旧的教室里，在学校统一关掉电灯之后，依然趴在煤油灯形成的那一小圈光亮下死记硬背那些名词概念、定义公式。自然，这样的时候难熬的不是那些名词概念、定义公式形成的一团乱糟糟的让人喘不过气来的难题，而是已经没剩任何一粒米饭的肚子，它作怪似的久不久突然咕噜咕噜叫出几声来，让隔几张桌子远的女同学听了去，这真是比肚子饿还让我感到丢脸。饿就饿了，你还叫唤什么？叫就叫了，为什么要叫到让隔那么远的女同学都能听得见！只不过转念一想，坚持一阵吧，只要考上大学，什么都会好的，也就可以把这张脸挣回来的，到那时，不管男同学女同学，是不会记得我肚子里那些怪异的声音的。我想，这也算一种精神疗法吧——跟鲁迅笔下阿Q先生那法子略微有点不同。

精神疗法总不如实物来得让人有货真价实的满足感。有一次，同在沙爱高中插班补习的邻村两个远房堂叔，他们村有一头老牛摔下悬崖死了，当时我们那里碰上这类情况，一般按人头分肉，一人一份，他们家人口多，分得好多份，一下吃不完，就带几斤牛杂到学校来，晚上叫上我们几个沾亲带故的到他们的亲戚家里去会餐。那一晚的牛杂宴，叫我怎么说呢，这么多年过去，那两个堂叔的面目早已忘记得一干二净，可和着薄荷、紫苏、生姜干炒的牛杂美味，我是怎么也忘不了，害得我自那顿牛杂宴过后好长一段时间，总是盼望堂叔那个村子的牛再次从悬崖上摔下来，有时甚至有些责怪我们“方形水槽”林玉屯那些牛怎么那么小心谨慎，它们为什么不学学堂叔村子的牛从悬崖上摔下来呢？我们屯的悬崖峭壁也多的是，老牛有经验，摔不了，年轻的那些，特别是年轻的公牛，毛毛躁躁的，有时追赶年轻的母牛，忙乱得都没怎么看脚下的路，摔下来几头也行呀！这个想法对牛来说很是恶毒，但对当年几个月才能吃得上一顿肉的我而言却是妙不可言。

在沙爱街，凡是跟吃有关的故事，都是我最难忘的记忆。高中补习那一年，每到赶街日，从我们老家林玉屯嫁到沙爱村的大姑妈，总是背个竹背篓，背篓里一成不变地装些鲜玉米、红薯、青菜、葱花、大蒜之类的东西来街上摆卖。她知道，我每到这一天都会到街上来玩耍（她自然不知道我是饿着肚子来街上看人的，这点小秘密我可不敢告诉给大人知道），所以每次总是同时带上几个煮玉米或几个煮红薯，是专门留给我的。她知道老家的境况，知道我在学校读书不会吃得上饱饭，这几个玉米、红薯，是给我填充我那因为腾空而经常发出怪叫的肚子的。很自然，大姑妈的这几个玉米几个红薯，无形中把我解决饥饿的欲望吊得很高，在那一年里，我时时盼着赶街的日子，盼着见到大姑妈，盼着她那几个玉米几个红薯。大姑妈家是不富有的，能拿得出给我填补肚子的东西也就这些了，但对我来说这已是最高层次的关爱。大学毕业后，我曾在外地当过几年老师，放假回家路过沙爱街，还偶尔看见大姑妈在沙爱街摆卖那些东西，身边依旧放着那个已经烂了几个洞的竹背篓。大姑妈已苍老很多，脸上满是皱纹。每当这时，我就喊大姑妈到米粉店来，叫上两碗米粉，陪她一起吃，吃完还塞给她四五十元钱。那几年我刚大学毕业，月工资也就 48.5 元，大姑妈犹犹豫豫地接过钱，说你又给我钱了,还是节约点帮家里爸妈吧。话虽如此,钱她还是接受了。没过多久，通往老家林玉屯的公路已修通，但这条新修的公路却是从另外几个村走过的，没有连接沙爱街的这一条，这样，我回老家再也不经过沙爱街，也就没机会再看见大姑妈了。没过多久，大姑妈就以近 90 岁的高龄永远离开了我们。转眼一晃，我也年过半百，当年大姑妈给我玉米红薯的年纪，跟现在的我应该差不多。匆匆忙忙，几十年的工作时光已接近尾声，很多年轻时的经历渐渐隐没，不再出现，但是大姑妈高挑却已佝偻的身子，满是皱纹却慈祥和善的面容，仍然在我的记忆里不曾褪去。每一想到沙爱街，首先想起的就是大姑妈。大姑妈的那几个玉米红薯比肚子里那几声怪叫更让我记起沙爱街当年的模样。

沙爱街因为在公社所在地，自然成为整个沙爱公社的经济、贸易、交通、文化中心，当然也是政治活动中心。每到赶街的日子，全公社各大队赶街的人都会聚这里，这一天，门店敞开，圩亭爆满，人声鼎沸，猪叫鸡鸣，整条街是很热闹的。作为一个可以集聚众人的开阔场所，沙爱街还有一个功能就是公社召开群众大会时作为会场使用。而20世纪70年代，召开群众大会那是很常用的动员群众、组织群众、教育群众的办法。群众在这种时候被教育起来、组织起来、动员起来，那是一股很大的力量，你叫他们干啥他们就会干啥。就是在这样的环境下，我记得在沙爱街上，还曾上演过一些如今想起来让人想笑却又不大会笑得出来的故事。

在赶街日子，公社里常常做的事就是把那些小偷小摸的“二赖”，拉到台上来挨个批斗，先让他们每个人深刻剖析偷盗的思想动机和详尽叙述实施偷盗的过程，然后才到主持会议的公社干部和群众代表进行揭发和展开批斗。广大群众则在台下跟着呼喊一些他们自己都不明其意的莫名其妙的口号。有一次我亲自看到，偷杉木横条的，偷熏腊猪肉的，偷农具的，偷牛马的，有七八个人被拉到台上批斗，谁偷了什么东西就带那东西上台来。那天我见偷杉木横条的那个人很是特别，他扛着一根五六米长的巨大杉木横条，站在台上，既不能换肩，也不能随意走动，笔直地站在那里。会议进行当中，可能他一个肩膀实在承受不了那样长时间的重压，下意识想换肩，突然转动那根木头，差点扫到了坐在主席台上稍微后面一点的那几个人，结果马上被站立两侧、头戴大盖帽的公安大声呵斥！他自己也被吓得脸变青了。如果真的扫到了主席台上那几个公社干部，他那天可能够呛。还好，他在关键时刻被公安民警的呵斥声镇住了。等到大会一个一个地把他们七八个人逐个批斗结束，已经是三四个小时了。我看到他扛着那根又长又大的木头走下台来，脸上和脖子上全都青筋暴突，汗水湿透了衣衫，脸上肌肉因为肩膀疼痛的拉扯变得扭曲变形，双脚哆哆嗦嗦，差点迈不动步子。可见难受的程度一定不低。

偷其他东西的那几个人也好不了多少，偷腊肉的那人就用脖子挂着一大串熏腊猪肉，每边有十几条，每条大概有两三斤，总重量看来也蛮重；偷农具的就扛那套沉重的农具在肩上，也不能随意换肩。相对而言，偷牛偷马的要好一些，只让他们牵着牛马并排站在台上，毕竟偷的都是大牛大马，体量大且重，用肩膀扛、用脖子挂那是做不到的。对这些老农来说，天天跟牛马打交道，今天让他们牵着牛马站到台上，我看他们也没有什么难为情。他们平日里跟牛马打交道的地点都是在田地里的，哪有像今天，能牵着牛马站到群众大会的主席台上，后面间隔几米就是主持会议的公社干部的座席，虽然批斗时要低下头不能乱说乱动，但毕竟这是大会主席台，这样的待遇他们是不常有的，所以，我仔细观察他们脸上似乎还挤得出一点“荣耀”的笑纹。我就看到，他们不时拿一种古怪的眼神瞄瞄身边肩扛巨大杉木和脖子挂着沉重腊肉的那两个“同行”，好像还有点要笑出声来的样子。我在猜想，他们是不是在心里说：“偷什么不行，去偷那些死重的鬼东西！”那天他们唯一要做的就是牛马忍不住把屎尿拉在主席台上时，就得马上清理掉。

批斗结束了，通常就是广播喇叭播放几首嘹亮的歌曲，这些歌曲一般也就是大家很熟悉的，当时传唱非常广泛的流行曲。那一天，也许是播放员看批斗过程过于入迷，散会了还没回过神来，那些小偷小摸得到允许离开会场，正当他们排着队小心翼翼地从主席台的右侧走下来，此时的广播喇叭，一首高亢激昂的革命样板戏响起，仔细一听，开头歌词竟是"临行喝妈一碗酒，浑身是胆雄赳赳"！台下群众顿时发出震天的笑声。

狂热的年代发生的一些事，是不能用清醒时代的思维去衡量的，就好像喝醉酒的人讲的话做的事，不能拿酒醒时的眼睛去看待一样。这是大家都公认的道理。不过，就算再狂热，一些基本常识也还是有一种下意识的清醒认识的。不知为什么，沙爱街发生的这故事，已经过去这么多年，有些本属常识性的问题至今我一直想不明白。一是组织者当时怎么没想到，这些偷盗分子怎么能安排到主席台上去站呢，那是主持会议的领导们坐的地方呀！二是这批斗时间一长，牛马肯定是要拉屎拉尿在台上的。牛马毕竟不是小偷小摸或反动分子，那些人你可以叫他们任何时间任何地点不能乱说乱动，但能管得住牛马吗？这显然是不行的，人类可还没有那么大的法力。牛马一拉屎拉尿，整个主席台就臭气熏天了。组织大会的都是公社干部，算是我们公社里最见多识广的人了，不知为何这么简单的问题当时就没想到。而另外一个颇为严重的大问题更让我疑惑不解，原以为经过那样的群众大会批斗，这些小偷小摸应该深刻吸取教训，以后再也不敢了。其实不然，那里的小偷小摸现象从来就没有断绝过，不管你采取什么手段整治，它就是禁而不绝。这就有点像金庸先生《天龙八部》里的慕容公子，以为拥有一套“以彼之道还施彼身”的绝技，就能称霸武林，甚至异想天开想实现复国大业，但最后的结果却是，无论慕容公子的“以彼之道还施彼身”再怎么绝，慕容公子再怎么努力，总是无法让对手彻底折服。沙爱街的批斗故事结局也与此相差无几。所以，大家对批斗一事更加努力，手法的运用也更加纯熟，隔三岔五，类似的故事又会再次上演一回，直到我上大学后才停止，而每次上台来的人里，都有一些熟悉的面孔，这些人就获得了另一称谓——惯偷。

小时候见世面少，总以为沙爱街的这故事只有沙爱街上才有，后来书读得多了一点，才知道，类似的故事可不是我们沙爱街的专利，甚至也不是20世纪的专利。书上记载的古人对小偷小摸的处置方法都大同小异，采用的基本上都是“以彼之道还施彼身”法，虽然一代接一代地收效甚微，却也一代接一代地乐此不疲。

写到这里，我恰好看到这么一则新闻短讯，称我国东部的某市，去年在整治司机违规使用远光灯的行动中，抓住一名违规司机，就责令他定定坐在凳子上直视远光灯一分钟。这个人的遭遇跟沙爱街上被批斗的那几个人何其相似，唯一不同的只是没有主席台和台下群众呼喊口号助阵而已。时隔不久，同样的故事又发生在别的城市，一些新闻报道还把这种做法描述成新时代的创新之举。

现在的沙爱街，那个作为会场的大圩亭依旧还在，木架结构的老房子也没变，逢三逢六逢九的赶圩日好像也没改，但是，那些批斗的故事早就没有了。

倒是别的城市的类似做法和新闻记者的热情歌颂，叫我产生一些古怪的联想。人类某种古老的故事，一旦遇上某种“风云际会”，就会再次活生生地重演，甚至连角色定位、道具台词几乎都可以不用更换。

2017—2018 年

风趣凤山

离开家乡凤山县快有四十年了。对家乡，我一直想写点东西。每每有新的由头出现，都无形中产生某种写作冲动，但待到安静下来真想动笔，很快又被某种无话可说的心情掐灭了。

当年凤山被评为“世界地质公园”。后来，又获得“中国长寿之乡”称号。再到最近，又被评为“国际长寿养生基地”。每次看到这么多这么响的名号，都很想为它写一点东西。

但是，凤山可写的是什么呢？是那几个山洞几条小河和那些老寿星吗？是那半副无人能对的绝联“凤山山出凤凤非凡鸟”吗？是我同村的前代文人黄光国老先生吗？我想，这些已经用不着我来写了——“前人已备焉”。

其实，凤山是风趣的。风趣的凤山人应该可以写一写。

前几年我跟老婆回老家过春节，串门去她姨父家，几年不见，她姨父变得老了不少，门牙也掉了两颗，我们都有点难过，问候他身体怎样，他像是故意表示缺了门牙也很光彩一般，咧开大嘴笑答：“还好什么喽，连两根门牙都守不住了！”没等我反应过来，他则嘿嘿地自个儿笑着，那话语，那形态，一下子把我们都逗乐了。

在风趣的凤山人中，我四姑妈的话让人不得不叫绝。四姑妈长得一副好身板，力气大，说话也特别大声，还幽默好笑。有一年春节，我们都回老家过，四姑妈也来了，大家围着餐桌吃得正开心，不知谁突然扯起死人的话题，可能是那一年邻村老人去世的比往年多，于是大家都纷纷讲述那些不知从哪里听来的种种离奇古怪的死亡状况，有的还有板有眼地猜测死亡的种种诡异原因，那些鬼气森森的话顿时把吃饭的氛围搞得恐怖起来。这时，四姑妈突然长叹一声，大声地来一句：“唉，看来，今年人们的喉管有点脆啵！”大家顿时哄堂大笑，节日欢快的气氛立刻被拉了回来。四姑妈这句话，如果你是壮族，听得懂我们凤山壮话，我敢跟你赌，你一定会笑翻。

前年，我爸刚去世，我们想，爸那一辈就剩三姑妈和四姑妈两人了，而且年岁都过了八十，我们就去看望她们。四姑妈那几天患病，那天刚由村医吊完针。我们在她家吃饭，隔壁村有邻居见我们来，凑热闹，也来入伙。有个年近60的村妇见四姑妈病恹恹的样子，带着同情加慰问的心情问候她，提醒她注意身体，多休息，别太劳累，想吃什么就吃什么，那些活路有儿子孙子他们忙乎，你就别忙了，等等。不说也听得明白，意思就是如果不注意，到时候你就是想吃也吃不了啦。你想，能把话讲得让人们笑得根本停不下来的四姑妈是何等聪明，她当然听得懂那些言外之意，就微微一笑，歪斜着头，嘴巴几乎贴到这位邻居的耳朵低低地回答说："乜妹呀，我晓得啦，我现在还要帮带几个孙子孙女，还要帮煮饭煮菜，还要帮喂猪喂鸡，每天忙得很呢，我这几年还没得空去死的啦，放心吧！"此话一出，搞得我们全都笑累了腰。

面对岁月老去，死亡将临，多少人既忧虑又惊恐，真正做到坦然面对的又有几个？但四姑妈却说得如此稀松平常，若不是经历多少世间苦痛见过多少生离死别，而生性又是多么乐观风趣，那是难以做到的。四姑妈今年 85 岁，身体还硬朗得很，这与她豁达乐观不无关联。

凤山风趣幽默之人，我所知道的，除了我老婆的姨父和我四姑妈，还有我大伯，无论扣掉多少个最高分和最低分，都肯定能入围。大伯早几年去世了，但他的风趣诙谐我还记忆犹新。他 83 岁那年，得了一场大病，凡去看望过他的亲戚，都摇头无语了。谁知一个月以后，大伯奇迹般地好了起来。此后，每次酒桌上跟人谈论他那场病时，他总是很自豪地说："你以为容易嘛，我能叫蚂蚁的群众大会中断，你们做得到吗？"不得不服大伯的想象力，他竟然把死后被蚂蚁啃想象成蚂蚁集中开大会，而他奇迹般地好了过来，则被形容成中断蚂蚁集中开会的勇敢行为。

凤山人的风趣常常体现在父老乡亲的日常口语里。例如，比喻马前失蹄、老谋深算的人也被坑骗、大意失荆州之类的现象，凤山人往往说这是“老猫跌碗架”。以前凤山农村家家户户都用木头做碗架，三层，底层放锅头鼎罐，中层放碗碟，上层放筷子饭盒竹筒之类的，跟大人一样高。每到夜深人静，家里的老猫就爬上碗架寻找剩饭剩菜吃，翻动那些碗碟叮当作响，而它那“飞檐走壁”的架势，跟金庸小说里的黑衣夜行人差不多。因此，如果真是老猫从碗架上跌落，那这个失误也太大了。又比如，形容人自讨苦吃、自寻烦恼、哑巴吃黄连——有苦说不出之类的尴尬，他们就说“你这是自捡马蜂放裤裆”，其中的含义就由你尽情发挥想象力了。

风趣的语言一旦被文人所掌握，它的穿透力可以让后面几代人津津乐道。20 世纪 70 年代，有这样一个例子，有一位数学老师给学生讲两点之间的最短距离为什么是直线这个原理，有个从边远大山里来的学生肯定是头脑不够灵光，思路拐错了道，怎么解释他都不明白，搞得这个老师差点下不了台。当然，老师毕竟是老师，就是比学生厉害，他突然灵机一动，走到这个学生的桌前，伸手把挂在桌子边上装午饭的竹筒拿出来，打开，说：“你这样去想，假如你舍得把你竹筒里的这块腊猪脚丢到操场那头去喂我的黄狗，你猜我那黄狗它会怎样跑过去吃呢？”该生不假思索就回答：“它肯定直接跑过去吃啦！”老师又问黄狗它为什么不拐过教室的后面跑过去呀？该生又不假思索就回答：“那样就远了。”老师马上就说：“这道理连狗都知道，你怎么就想不通呀！”教室里哄笑顿起，那位学生虽然脸红到耳根但也释然地跟着笑起来，看来他是开窍了。老师这话现在看来是有点毒，但管用。后来这学生考上中专，回县城当了数学老师，可能也是老师举这个例子对他刺激不小才有这个结果的。这故事前几天我都还听一位老乡讲起。

拿活人开玩笑并不难，难的是把玩笑开到死人身上，而且这玩笑还被刻入石碑以期流传千古，这可能也是我们凤山人才有的才华。据说某君生性风流，无论在县城还是在乡下，已是街谈巷议妇孺皆知，最后真的是“牡丹花下死，做鬼也风流”，年近八十了在一次艳遇中突发疾病而亡。村里人为他料理后事，一合计，就给风流老鬼的坟墓竖了块石碑，碑上刻一联，上联曰：迷死情色君莫笑。下联曰：八十问柳有几人？横批：功夫老到。这故事我已听说多年，但来不及现场考证，也不知真假，谨录于此，姑妄听之。但就算是民间瞎编的笑话段子，那也是要有一点文墨加幽默才做得到的。我敢说，这副碑联跟前面讲到的“凤山山出凤凤非凡鸟”肯定有得一比。

我们再回到活人这里，现在已经很出名的凤山三门海景区附近，有位百岁长寿老人叫黎德周，他的风趣幽默、乐观淡然，你不服都不行。有一天县里有人带记者来采访，老人稳稳当当地坐在椅子上，满脸堆笑，像尊佛，摄影记者忙着摆弄器材，对焦距，试镜头，县里那位兄弟给老人正正帽子。此时，老人说话了：“这次是准备挂到灵堂上还是放在香火上呀？”县里的兄弟显然跟他混熟了，对他说：“别开玩笑，精神点，这张要放到大地方去的！”老人听了哈哈大笑。

这是我前段主编“广西长寿文化集萃”丛书看到的另一

位凤山风趣老人。该丛书洋洋大观八大卷三百余万字，里面很多长寿老人的百岁人生全都在笑迎风霜、乐对生死的故事里度过的。所以，他们开朗、快乐，他们健康、长寿。

2016年

“三通”之后盼什么

铁锅，山柴，猛火，羊肉，村厨，原生态爆炒，香味顿时飘满了林玉屯。

两大桌人，满满当当。七弟，是留守家里的“家主”，回到老家，就得听他的。他说，今晚不喝你们那些高度酒，就喝家里酿的玉米酒。我和三哥六弟八弟都说好，除夕家宴，就喝家酒！

我们兄弟定了，九叔黄武装、堂哥韩辉以及堂弟韩宪、显忠、显烨等人自然也听我们的。大家顿时热情高涨起来。

叫上这么多人，可不是仅仅为了喝酒吃羊肉。

林玉屯是我的家乡。这是凤山县大山深处的一个小山村，离县城一个小时的车程。全屯才 12 户人家，四面环山，只有东面有个出口通往村外。

水、电、路，是长期困扰林玉屯的三大难题。最近几年得到政府的帮助，算是解决了。

然而，“三通”之后，村民遇到什么新难题，都在想什么，还在盼什么？

几杯酒下肚，担任村民小组长的九叔黄武装首先开腔：“进屯道路的硬化计划在春节后一个月内搞完，另外新增两条进户小路，还得老五出力……”

老五就是我，因我在家族排行第五，所以全屯都这么叫。由于事关四堂哥韩辉的“切身利益”，他便笑呵呵地插话：“是啵，老五你如果不帮忙，我可就没办法把车开到家门口了！”这事我是答应过了的，因此赶忙接过他们的酒杯连连保证“没问题”。

九叔接着说：“现在每家种了不少核桃，但就是不结果，老五你看这事怎么办？”

我们屯的核桃不结果一事，我听七弟说过，他种了几百棵，成活 150 棵左右，基本不结果，其他户情况也一样。我们住房附近就有两棵，长得比屋子还高，但每棵结果不到 10 个。

这可是个大难题！

我马上对坐在身边、在县里工作的韩宪、显烨两位老弟说：“你们赶紧帮忙联系县里的专业技术人员，请他们进屯查找原因，采取对策，全屯种了这么多核桃，都长这么高了，如果都不结果，乡亲们的积极性就会大大受挫。我也会跟县领导反映这个问题，商量如何解决。”

除了核桃问题，大家对今后的长期发展也纷纷提出一些想法，种蔬菜、种柑橘、养山羊、搞农家乐……连我们在外工作的几个人也帮着出谋献策。

看来，乡亲们改变落后面貌的愿望很是迫切。大家议了一阵，又是九叔说：“还是老五你来给我们说说，你出去工作这么久，见的世面大，肯定想得周到些。”

说实话，对家乡的事我是比较上心的。从前几年的解决通电到最近的公路硬化，也曾出过一些力。但说到如何改变贫穷面貌，还真没经验。凭着近年来到各地调研的信息，我对大家说：“我们屯在全村算是发展比较慢的，首先大家要齐心，一起努力把道路硬化完成。道路不通，种什么东西都运不出去，不值钱。再说，我们祖祖辈辈都生活在黑幽幽的山弄里，道路搞好后可以搞太阳能亮化，让屯里亮起来。然后还可以考虑沿路种桂花树，把屯级道路美化一下。在屯口搞个垃圾池，不要到处丢垃圾了，让屯里干净起来。这些事也符合上级要求，做好了也对我们有益。这些事我可以跟县里说说，出出力。”

大家听了都很开心，纷纷表态，一定配合做好，这是短期的，很快就可以做。我接着说，长期的项目，比如核桃不结果的问题解决好后，还可以继续在山上多搞种植。比如种一些价钱高的中草药，可以提高收入，也不需要太多的人工护理。我们屯地少，种不了多少粮食，养猪养鸡养鸭耗粮耗时又脏，收入也不高，就别再养那么多了。

我说的这些，其实是从三哥和七弟的实践中得来的启发。

他们前年开始种植2000多株中草药三叶青，现在已经结了蛮多果。三叶青可以袋种，也可以下地种，很方便，投入成本不大，现在市场价是30元一斤，按三到五年就有收成来计，每袋1到2斤，届时三哥七弟他们就有几万元的收入。除了三叶青，还有牛大力、鸡血藤、铁皮石斛等，都适合在我们屯种植。

我边说边观察，看得出，乡亲们对这些很感兴趣。边谈边议，不知不觉，夜空已缀满了星星。

最后，七弟举起酒杯幽默了一下："这些建议都蛮合适我们做的。但山羊还是养几只吧，不然你们回来过春节，就没有这么好的羊肉吃了！"大家哈哈大笑，又干了一杯。

家宴散后，我已半醉，想着乡亲们的热情和期盼，心中似乎有股热潮涌动：刚才说的那些，但愿真的对父老乡亲有用啊！

2017年

田园将芜归不归

今年春节，我们屯居然有两户人家没有回来过年。

一家是二堂哥韩文，另一家是五堂弟韩波。这在以前，谁想象得到！

我走过他们两家门前，大门紧锁，锁头已经生了黄色锈斑。屋前台阶都长了杂草，房子四周自留地里的杂草更高。

陪我的七弟说，他们两家已经好久没人回来了。“这几年来，我们这一带有好多家春节都没人回来过年，甚至清明节也不回来拜山。”

要在以前，这会被乡亲们当作笑话来流传的。可如今看来，这样的笑话人们也能接受了。

七弟接着说，还有一个堂哥，一家人都在外县打工。前些年清明节回来上坟，鸡肉、腊肉、豆腐圆、五色糯饭、香烛、纸幡，这些上坟用的东西全部在当地买好，全家人开个车回来，直接上山拜坟，早上到，下午拜完，晚上就返回。连家门的锁头都没打开进屋里看一看！

听起来，真叫人黯然。

“今天都除夕了，看来韩文韩波他们两家今年不回来过节了吧？”说完我也觉得这话问得有些多余。

七弟答道：“肯定不会回来了，要回前几天就该回来了。”

我知道，韩文哥嫂他们已经跟小孩在县城居住多年，帮带孙子孙女帮看家；韩波兄弟俩都在外面工作，一个在银行，一个当老师，早已成家立业。屯里的房子是老屋，多年没人居住。他们没有回来过春节，也在情理之中。

但我还是禁不住有些难过。想想小时候，我们“方形水槽”林玉屯，虽然没有电灯没有公路，粮食常常不够吃，日子都过得很艰难，但过春节时家家户户都热热闹闹的，除夕之夜点起煤油灯，屋里亮亮堂堂，一家人围着火塘烤火取暖守年，等着凌晨鸡叫，然后到屋外烧鞭炮。山里放鞭炮又特别响，一时间，山呼谷应，新年的气象就这样来到了屯里。

七弟说，这些年，已经没有那样的场景了。

中午，暖暖的冬阳洒向绿油油的山坡，我走上隆浪、巴桑、达英、育宁、立勿等几个儿时常去干活的山弄和山坡。

那些面积很小，用城里人的话说是“瓢一块”“碗一块”的山地，已经很少耕种了，而地头和山崖下那些更小的地块，全都长满了高大的杂树和茂密的杂草。

我知道，这些地块，虽小得可怜，以前可是我们屯的保命地。我爸我妈我姐我哥和屯里的乡亲们，起早贪黑、年复一年地在上面种玉米、红薯、黄豆、火麻等作物。当年为了侍弄这些地，不知耗费了他们多少心血和汗水。而有时，为了一块很小的山地地界，两家人可以争吵整整一个上午。可如今这些地块全部丢荒了，再也没有谁对它们产生兴趣。

“怎么都不种东西了呢？”

“没人种啊，年轻人外出工作的工作，打工的打工，现在我们屯留在家里的，就我和乜春两个是壮劳力，你看，大叔牙述恒去年刚去世，大婶快七十了，三叔祖才和三婶已有五十七八了，七叔武柒和七婶已快八十了，九叔武装和九婶都近七十了，他们几家的小孩基本都在外面，我们这几个在家里的，能种房屋周围那些平地都不错啦。”

七弟说的是实情。看到这种状况，我感到有些心堵，也感到无奈。

我们林玉屯很小，人也不多，由于家家户户都希望子孙有出息，长辈们都节衣缩食供小孩读书。结果，现在 12 户人家每家每户都有人外出工作，有的家还出去两三个，留在家的人自然就更少。后来，又有一些年轻人不甘守着大山过日子，就纷纷外出打工，大多也在外面成了家。再后来，老人们很多也出来跟孩子在城里居住，像韩文哥他们那样，也不回屯里的老屋住了。

这难道有错吗？没有。

七弟说，在外面打工的年轻人没听说有哪个还要回来的，等到在家的这些人都老了，我们屯可能真是没人居住了。

我走遍全屯，感慨良多：地已少耕作，山日益葱茏了；老屋无人居住，鸟雀更亲近我们了；水泥公路已经通到了各家各户，而人却渐渐减少了……

田园将芜，归不归？谁归？

2017年

浓郁的稻香

似乎是特意让我百看不厌，又似乎是让我看了以后一定要写点什么东西，这秋天的八桂大地，竟然可以展示出这般缤纷的色彩。

车子驶出十月三十一日中午的南宁，那一碧如洗的天空，那天空中悬浮着朵朵亮白的云彩，就一直跟着我们，如影随形，不离不弃，往桂西山区悠然而去，在朗照我们头顶的同时，也使得一座座青山更加碧绿青翠，更加葳蕤生姿。

300多平方公里的右江河谷，历来是广西的粮仓果园之一。秋天来临的时候，已经没有了金黄的杧果，也没有了粉红鲜嫩的圣女果，闲下来的田园，突然安静下来，任由土地舒畅地呼吸，人们可以无言地凝望田里残剩的几汪浅水，与忘了收割的几棵孤零零的玉米默默对视，没有任何声音从那里传来。偶尔惊掠而过的凉爽秋风，也是那样轻手轻脚，仿佛担心扰乱了农人们清闲的梦境。

想起酷暑七月，我来到田东县一家杧果园，抚摸着一个个小巧而略微弯曲的桂七香杧，那时涌动心中的是这样的诗句：

隐身在杂草深处
桂七香杧
小巧而饱满
仿佛收藏的青涩岁月
需要认真等待
才可以邂逅
那成熟的飘香
浅浅的拐弯抹角
随意流畅
季节抚出的优美曲线
再也掩藏不住动人芳华……

现在，望着这碧蓝的天空，走过这金黄的田园，舞文弄墨的心情似乎也跟着多彩而静谧的大地，默然归于平淡平静，一时再也无法涌动蓬勃的诗情。这种情绪，有时候，我更喜欢。面对悠悠的人间岁月，面对四季生息的自然江山，我们没有必要把自然界的物理现象，都想象成罕见的力量，那样的想象，往往容易让我们无缘无故地产生某种狂野的心情，这样的心情一旦出现，又会打破山河的自然时序和四季轮回。

十一月份的第一天，我们驱车从著名的桂西山城百色市，往同样著名的桂西北山城河池市走来。六个小时的路程，我们越过宽阔的红水河，穿过十几个幽深的高速路隧洞，坐在车里，望着车外那些周转曲折的青山和田野，每到一个服务区，我们都要迫不及待地下车来走走看看。一抬眼，那些蓝天白云，那些青山绿水，都一齐迎面扑来，还有那金黄的田地，浓郁的稻香，更是让我们应接不暇。而此时，十一月五日的凌晨，黎明前最安静的时刻，我摆弄手机写这篇文章，禁不住回想起那时的境况。尽管做了很多的努力，也实在想不出更加恰当的词语，只好抄录自己前天写出的这一段文字，以再次表达当时愉悦欢畅的心情："一路山青水绿，天蓝云白，'青春作伴好还乡'的心情，一刻也没有中断过。这干净的翠绿，透明的青蓝，一直陪着我们，也从没有在眼前消失。"

从河池市往来宾市的忻城县走，这是昨天的事情。忻城作为此次下乡调研的必经地之一，是我为了实现走遍广西所有县、市、区的目标而事先设定的路线。我从事新闻宣传工作二十几年来，虽不敢自诩"走遍了八桂大地"，但至今除了忻城县，其他的县、市、区确实都已到过，有些还去过不止一次两次。唯独这忻城县，有多少次的谋划，就有多少次的失之交臂，最终都因为各种原因而无法踏上这片久盼的土地。

带着实现某种期盼已久的愿望，这样的心情自然是激动和美妙的。车子还没走完一百七十多公里的金（城江）柳（州）

高速公路,就从洛东出口下高速,进入直达忻城县的二级公路。

沿途一个多小时的路段，两旁都是稻浪翻滚的田园，有些已经收割完毕，被割掉上半截的稻秆还整整齐齐排列在田里，旁边还有一堆堆已经捆绑扎实等待搬走的稻草；还没有收割的田块，那金黄的稻叶，金黄的稻穗，金黄的稻秆，密密匝匝地铺展在一片蓝天白云之下，阳光透过云层洒在飘香的田野间，满眼都是闪闪的金色光芒。远处是收割的人们在欢快地劳作，偶尔的笑语从稻田深处轻巧传来，让人有点浮想联翩；近处是三三两两的老牛安静躺在已经收割完毕的田里，微微扬起那巨大的头颅，嘴巴有滋有味地反刍着，两只耳朵不时翻动以驱赶讨厌的苍蝇和虫子；公路边的田坎下，是低矮的灌木丛，虽经秋霜的浸染，依然是绿油油地生长着，丛林间是叮咚流淌的清清小河，不知从何处而来，也不知流往哪里去，更不知是否永远地没完没了……

此情此景，不禁让我突然想起，壮乡，这片广袤的大地，原来就是稻作文明之乡啊！对这样的八桂田园，到底用哪一个词语来送给它更为合适？是碧蓝？是翠绿？是金黄？抑或全部都是?

是的，有了这几天的经历，现在我可以肯定地告诉你，明天我们继续往贵港玉林去的时候，在那更加广阔的浔江平原，更加广阔的西江两岸，我们一定会看到，田野的金黄会更加深浓，江水的流动也会更加欢畅，丰收的人们也会更加喜悦!

2018 年

触摸绿城

120平方公里的一个城市，终年树常绿，花常开，果常熟，在中国虽说不是唯一，也实在难寻能与之相比的地方。漫步于南宁任何一条街道，走进任何一个社区，抑或登上鳞次栉比的摩天大楼，驱车漫游城边的丘陵矮山，满眼都是绿树成林、绿荫如盖、绿野似锦，你会感觉到这座“中国绿城”的绿是那样随意就可以伸手触摸！

不事雕琢的绿是自然而恒久的。耸立于市区东南郊的青秀山，海拔仅在83—289米之间，山不高而独秀，水不深而至清，素有首府“绿色氧吧”的美誉。大小山峦十余座，无不林木葱茏，藤缠草盖，绿得自自然然，还略带几分原始。

据说，山上是有过人工做的建筑物的，如唐代的白马寺、万寿禅寺，明代的龙象塔、白云精舍、董泉亭等，由于兵火频繁，兴亡更替，这些古建筑也就“作古”了。如今，上得山来，桃花园、棕榈园、苏铁园、雨林大观园等几十个大小园林景观，依山而建，就林添锦，配上山上山下的自然林区，原始与现代，人工与自然，恰到好处，毫无雕琢之感，倒十分强调出青秀山的青与秀来。

到过南宁的人，都有这样的感慨：南宁真是无处不绿，无绿不有。公园有绿，街道两旁有绿，社区庭院有绿，机关学校有绿……公园的绿是广阔而坦荡的，就像好客的壮家人，一年四季敞开宽广的胸怀迎接五湖四海的宾朋嘉客。进入南宁的公园里，你自然会看见大片大片的竹林，大片大片的棕榈林，大片大片的夹竹桃林，大片大片的马尾松林，它们很自然地长在那里，好似从很久远的时代以来就是这般模样，历朝历代都不曾变动过。走到公园，也感到像是走进了一片原始的林地里，特别幽静，特别惬意。

而街道两旁的绿，则要数“首府第一街”的民族大道了。几公里的大街两旁，高、低、疏、密，多种多样的绿色装点，更显得“首府第一街”的错落有致、层次分明。高处，是20多年前拓宽这条大道时就种下的大王椰子树，现在已长成参天巨树了。两排大树沿街伸展，绵延不绝，蔚为壮观。低处，就是园林工人修剪成波浪状的风景树丛，远处望去，犹如两条巨龙横卧在“首府第一街”旁。经过多年风雨沧桑，这些树丛已自然地与这片绿色的土地融为一体了。最近几年，为了着意打造“中国绿城”，南宁人在大道两边的人行道旁，辟出专门种绿植的地方，有的种上低矮的美人蕉、散尾竹、龟背竹、金边虎皮兰等，几乎密不透风，把土地都遮盖得严严实实；而一些地方，又仅植上那么几株葡萄藤、几棵樟树和柬埔寨糖棕树，疏疏散散，间可容人。道路上每隔几米，还有几张涂上绿色的椅子和同样涂上绿色的挡雨遮阳棚供逛街散步的人们小憩。这些疏密有致的绿，把车流人流的噪音隔挡在了外边，人们走在人行道里，仿佛穿行在一条静谧的公园林荫道上。如今，经过首府人的精心布置，民族大道的绿色风景从白天延伸到了晚上。当华灯初上，火树银花、车水马龙的“首府第一街”，地上有绿色的灯光映射在绿色的树叶草丛上，天上有温馨的月光从婆娑的树叶中洒下来，交相辉映，那种绿意更显示出绿城南宁的丰姿绰约。

南宁的夏季很热，所以，社区庭院和机关学校大都种有各种各样的花、草、树，既可以为绿城添绿，美化生活，又能遮挡阳光，降低气温。种得最多的大概要数扁桃树、朱槿树、木菠萝树、杧果树和龙眼树了。木菠萝、杧果和龙眼，本来就是蜚声中外的广西特色水果，把它们从传统的农村果园移种到大城市中，也没有什么不适，照样枝繁叶茂，照样花果飘香。每年到挂果时节，满街都可以看到绿黄相间的果实，香气扑鼻，伸手可触。此外，还有一种叫爬山虎的藤本植物，它可以给整栋楼的墙壁披上一件绿意盎然的外衣，夏日酷暑，房里的气温因此比外面低2—3摄氏度。人们常说，南宁是“绿在城中，城在绿中”，又说南宁是“半城绿树半城楼”，这些赞誉确是十分贴切和形象！

南宁的绿是细腻而深刻的。一些饭店酒馆，老板们对绿色的创造和营造，不能不使你叹为观止。首先是装饰的绿化追求，其次是食具的绿化制作，再次是食品的绿色讲究，无不以绿为雅，以绿为美。单是店名与绿有关的就非常之多，如竹篱笆、牵牛花、菜根香、山水庄、半闲居等。这些店一个共同的特点，就是在店里店外都栽种绿色的风景树、风景草、风景花，让顾客在这里就餐品茗、饮酒娱乐、叙旧谈情，就像来到了一个与喧嚣隔绝的花花绿绿的世界里。更叫人称绝的，恐怕还是那些翠绿剔透的绿色食品。小巧的南瓜饼、番薯饼、玉米饼这些东西，本来已经是地道的绿色食品了，但饭店的大厨们似乎嫌不过瘾，还别出心裁地用绿色的菜汁把它们染上了一层绿意盈盈的颜色，使之从里到外够上绿色食品的美称。至于饺子、包子、馒头之类的主食，厨师们同样让它们由传统的白色变成了很时尚的绿色，味道不变，颜色却更加可人。

一百多万名南宁人日夜与绿为邻，与绿相伴，与绿共存共荣，早已触摸到绿的真正含义，学会从生命的本质来感悟人与大自然的关联。

2003 年

挽住灵龟山

也许是生长在大山里的缘故，来到南宁的这二十年里，闲暇之余常常到处看山看水看风景。凡经过的好地方总想挽留住它。但随着时间的流逝，很多的好风景实在是挽留不住的。挽不住的风景就像留不住的好日子，总让你回头去想念、去流连，去细细地回味它到底好在什么地方。

南湖曾是我记忆很深的一处好风景。当时家住城北，间隔着一个大城区，南湖就显得很偏，很远，很农村，也很生态。湖的北面人还无法进得去。只有南面那一湾碧水和那一片野生植物园，有很多深山里才生长的植物在引诱城里人轮番观赏。当时很奇怪，这些东西，怎么也会在大城市里生长？而且还长得如此疯狂又如此规整！时过境迁，随着“南湖时代”的到来，那片很偏很远很农村，也很生态的风景终于挽留不住。代之而起的南湖风景区，就变得很近很亮很现代也很人为了。

接下来就想挽留青秀山。这座“山不高而秀，水不深而清”的城里大山，被人们称为“南宁的天然氧吧”，又被人们称为“首府绿肺”，拥有很多的荣誉称号。但几年下来，随着开发的“巨犁”日益逼近，高楼等建筑物正以围剿的姿态向它坚定地推进。如今的青秀山，周围高楼大厦林立，宽阔马路不断延伸，那些次风景区范围内的绿色土坡和灌木丛林大多已不见了。可能挽留得住的，大概就是一些位于山顶，不好开发建房的景区了。

我天生有种迷恋山水风光的情怀，如今又幻想着挽留住更远更偏更农村更生态，甚至更有些原始意味的灵龟山了。

灵龟山在哪儿？几年前去看灵龟山，那是要骑着自行车穿过大片的茅草地和偏僻村庄才能抵达的，可现在不是这样了。沿“首府第一街”的民族大道往东走，临高速公路出口处往右一拐，进入仙葫大道约五分钟车程，穿过原为茅草地和偏僻村庄，现已成为新城区的仙葫经济开发区，便来到心仪已久的灵龟山观赏胜地。

说是“灵龟山观赏胜地”，其实不过是我对这里进行主观臆断和远景幻想后送给它的称谓罢了。我的臆断和幻想是这样的：这么好的一个地方，如果摆弄得当，让它成为与青秀山齐名的观赏胜地，有何不可！过了仙葫经济开发区，右边即是逶迤西来的浩浩邕江，左边就是华南高峰大明山的余脉——仙灵岭。所谓灵龟山观赏胜地，就是登上仙灵岭后，转身回望大江时，所看到的以灵龟山为主体的一处天然观赏胜地——那里有绿色的山丘，有澄澈的江水，有茂盛的丛林，还有江边鳞次栉比的多样化建筑群……

灵龟山并非真的就是一座大山。邕江穿过南宁市区后，朝东流来，到这里突然遇上了高低绵延的丘陵，冲不开，跳不过，只好拐向北行。浩浩邕江这么轻轻一绕，绕过了绿草葱茏的丘陵后，改变转向继续缓缓东逝。绕过的这片丘陵被流水长年啃成了乌龟状，于是灵龟山就像一只巨大无比的千年老寿龟静静地横卧大江之上了。

在已经被铲光了头，别墅豪宅林立的仙灵岭上，可以选择一个较高的地点，朝邕江这边望来，灵龟山就赫然进入了眼里。这"千年老寿龟"也端的非同寻常，巨大的龟壳仿佛庄子笔下那由大鱼变化而来的鹏鸟之背——"不知其几千里也"！龟背连着巨大的尾巴伸展开去，几乎与五象岭风景区连成了一片。由于附近农家在巨大的龟背龟尾上挖地种庄稼，龟背龟尾遂呈现出参差不齐的大块大块黄斑状，更加衬托出灵龟山从远古走到今天的历史沧桑状；再看看那灵龟头，有脖颈有眼睛有嘴巴有下颌有腮帮子，线条清晰，棱角分明，栩栩如生。更叫人称绝的是，灵龟头上还生长着几丛翠绿茂繁的竹子，俨然一只世间仅存的硕大绿毛灵龟！

这的确是个天然的观赏胜地。我说观赏，而不说旅游，是略有区别的。观赏，就是说可以从远处遥望，从高处鸟瞰，从与观赏对象保持较远距离地用眼睛去瞄，甚至细细地审视；而不是非要走到观赏的对象里面，用脚步去任意游走一番，用手去任意舞弄一轮，过过手足之瘾。就好像观赏美女舞蹈，玉女出浴，是在距其较远的地方用眼睛看的，而不是非要与她进行零距离接触不可。所以，灵龟山是观赏胜地，而非旅游胜地。那里可以从远处、从高处观赏她的美，她的奇，她的动人心魄，而不可以走到山里面去恣意妄为一番。

这样的观赏胜地数量当然不会太多。因为少，所以奇；因为奇，所以贵；因为贵，所以应该特别加以保护。如果在看得见灵龟山的约三公里长的江左岸，不建高楼大厦，只建一些适合观赏“千年老寿龟”的富有南国民族风情的休闲活动设施，或者干脆什么也不建，只留下一些自然天成的沿江修竹、绿柳小道，该多好。那样，人们来到南宁这座南国绿城，就会多一个具有特色的观赏胜地。如今想长寿的人多了，方便时到拥有“千年老寿龟”的“灵龟山观赏胜地”来，登仙灵岭，观灵龟山，与仙相伴，与龟为伍，哪怕一时半刻，也会沾上些许仙气灵气的吧。当然，如要达此目的，还得在灵龟山对面的仙灵岭上选择高妙处修一两个远望楼，居高远眺，把整个灵龟山全部收进眼底，那片风水宝地，那片仙山灵龟，便是你的了。

这样的设想完全可以做得到。我早已听说，尽管南宁的“邕江时代”已经到来，灵龟山观赏胜地所在的邕江沿岸的龙岗新区即将成为重点开发区之一，决策者们已经郑重声明：“要是把这灵龟山开发没了，子孙后代不会原谅我们，我们就要担上千古骂名了！”如此说来，一个完整的灵龟山观赏胜地是能够保留下来的。

当然，任何好看的风景如果仅仅让它闲置山野，自生自灭，至多也只是拥有潜在的价值罢了，要让它永久性保留，就要设法使它的隐形价值有效凸显出来，成为人类共有的显性财富。百里烟雨漓江世代以来成为人类共有的经典旅游胜地，那是她的观赏价值被人类发现并拥有的缘故；神奇九寨沟吸引海内外游客趋之若鹜，如果她藏在深闺人未识那也是做不到这一点的。南宁的灵龟山要被世人发现并得到永久性保留，也要设法使她成为名副其实的观赏胜地才行。因此，除了如上所述，在灵龟山对面的仙灵岭上修建望龟楼，供游人居高远眺和在看得见灵龟山的邕江左岸建一些沿江修竹、绿柳小道之外，我又设想，在对五象岭新区和龙岗新区进行重点开发的同时，可以对青秀山到灵龟山这一段邕江做整体的旅游带规划。首先沿江的房子建筑要达到观赏的标准，可参考广州的珠江夜景、上海的黄浦江之夜、桂林两江四湖之桨声灯影风情夜；其次对江边景观做高水准的设计，使景观与蔚蓝江水相映成趣，构成景随江水走、人在画中游的奇特景观。当然，更重要的是对灵龟山本身加以全面的保护，不要在上面建房子，也不要在上面挖地种农作物，更不要自作聪明地搞什么人为的风景旅游点和娱乐活动场所。果真如是，夜游邕江，放舟碧水，远观青秀山金塔，近看夜中灵龟山，一个与邕江时代相匹配的沿江旅游线就凸显在世人眼前了。一旦完整的灵龟山观赏胜地与青秀山风景区共同构成南国著名景区之一，为游人所认可，所赏识，所留恋，成为人们精神的放逐之地和心灵的归依之所，灵龟山就不用担心被人为地开发掉了。

我和像我一样爱山爱水爱风景的朋友，设想着如此挽留住南宁灵龟山。不知能如愿否?

2006 年

回望圣地

从西藏回来已经有几个月了，一直想给西藏写点什么，或者给自己写点关于西藏的感觉。但是，每当从心里翻找那些悠然的白云，素朗的蓝天，圣洁的雪山，幽蓝的湖水……就好像面对一位深深思念着的圣洁的生命女神，我不敢轻易惊动她的静美，而她也不喜欢人家随意撩拨她的安宁。于是，每每涌起的万般情思，又化为无奈的声声叹息，慢慢低了下去……对西藏的感觉好像也随之淡了。然而，对西藏的感觉，真的就这样容易淡忘吗?

西藏的诱人，对很多人而言，可能在于她的神山圣湖，在于她的布达拉宫，在于她的玛尼堆，在于她大大小小的转经筒，甚至在于“嗡嘛呢叭咪吽”和马丽华的《藏北游历》《西行阿里》《灵魂像风》……但我坚定地相信，西藏全部的美，西藏全部的诱人和神秘，就在于她的可望而不可即！

正因为如此，已经到过了西藏的我，由于亲自踏上了那块严重缺氧却仍然被称为圣地的高原，亲自看到了人烟稀少却依然被誉为精神家园的地方，想象力反而消失了数月之久。耳听为虚，眼见为实，但太实而无虚，我就失去对西藏的想象，失去了对西藏的神往，要想写点关于西藏的东西也就难了。

直到今晚，在这个八百多年前李清照所说的“乍暖还寒，最难将息”的不眠之夜，听着轻风掠过窗外的柔美声息，看着桌上一张张在西藏拍的照片，想象的灵魂仿佛又回到了我身上。我以一种回望的姿态，看着走过西藏的那一个个地方，原来竟是如此的清晰，如此的亲近，如此的伸手可及。

这就是我曾经几乎以一步一叩首的艰难姿势才爬上去的布达拉宫吗？那些粗糙的石板台阶，那些白色红色的大幅墙体，那些巨型的殿宇梁柱，那些长年不熄的酥油灯，那些沿着路边的树枝缠了一层又一层的多彩经幡，以及那些或虔诚，或迷惘，或疑惑，或惊讶，或崇拜，或向往的眼神，依然还在吗？你们当然不会知道，今晚，这个曾经亲眼看到过你们的南方人，正在双手合十，面部朝西，以诵经般的虔诚和朝圣般的仰望，用心灵的触角又一次轻轻抚摸着你们，内心呼唤着再一次与你们进行精神的沟通和呼应啊！

这就是我几乎被风雪窒息却仍然把身心投入的纳木错吗？纳木错，美啊！可她还在遥远的那根拉山的另一边呢。那根拉山，就是苍茫雄壮的念青唐古拉山脉的一个小小的部分。可是就这么一个小小的部分，几乎把我们这些一心向往圣湖的人阻隔在了山的这一边，几乎使得我们把纳木错的美仅仅作为一生中虚幻的想象。海拔 5190 米的那根拉山口，冷风割面，雨雪交加，加上严重缺氧造成的全身疲惫，我们都快要窒息了。但是，面对今生难逢、来世难追的美，你能拒绝得了吗？于是，全车的人都下来了，歪歪斜斜地踏雪而行。当来到山口时，很多人的耐力仅能与那块标明海拔高度，背影为纳木错的巨碑合影而已。此时，我恍惚彻悟，原来人们舍命相求的，仅仅是为了能与绝世之美相处一瞬间！

从这个山口望去，纳木错是看得见的。但待到汽车转来绕去近两个小时之后，你才真正体会到——美的东西是如此难以接近，难以抵达。当你被汽车带到纳木错停车场，满以为能与心中的圣湖融为一体了，此时你又发现，你的想象力毕竟过于丰富了。从停车场到湖边没有半个小时的行程，你就别想摸得着纳木错的湛蓝湖水，而此时已经疲惫不堪的你，还能迈得开沉重的步履吗？其实，我们这车人谁都没有碰到纳木错的湖水，大家只在距离湖边几十米远的地方匆匆拍下几张照片即登车返回。绝世的美色往往就是这样，让你看得见，却不能轻易让你触摸得到。

这就是让我拼着性命翻山越岭而来，最后只能从山顶眺望片刻的羊卓雍措吗？这个被称为“羊湖”的西藏三大圣湖之一的高山湖泊，位于雅鲁藏布江南岸，海拔 4700 多米高的浪卡子县境内。那天早晨，我们是披着高原的晨曦沿着雅鲁藏布江直奔“羊湖”而去的，沿途还看到遍地的青稞，金黄地铺在田野上，还有一些诱人的格桑花，在风中摇曳着多彩的身姿向我们示意，但是，我们似乎都视而不见，没有谁对路边的这些美景发出赞叹的声音。是晕车吗？是缺氧吗？是，也不是，最主要的原因，别人我无法知晓，我自己却是一门心思地想着心中的羊卓雍措，带着某种按捺不住的期待，想早点去到她的身边。

然而，当汽车把我们带到山顶，看见一条盘山公路往山下直绕到羊卓雍措的岸边，我想，一会儿就能下去投入到“羊湖”的怀抱了。谁知，导游告诉我们，只能在山顶遥望，照相，半个小时后返回。啊！烟雨迷蒙中的羊卓雍措就像一位淑静少语的小女神，静静地站在我们看得见却接近不了的地方，这更让我心有不甘了：既然是绝世美景，又为何不让人靠近呢？

西藏十日之旅，布达拉宫我毕竟上去了，纳木错我也算抵达了，羊卓雍措我是看见了，还有日喀则，还有扎什伦布寺，还有雅鲁藏布江沿岸的高山深谷，还有……但给我的感觉总是达成心愿之后还伴着些许遗憾和不足。而对纳木错，你这雍容华贵的天上仙女，而对羊卓雍措，你这静若处子的心中女神，而对……让我说什么好呢？我可是带着40多年积聚起来的热切期盼和美好向往来的啊，而你们容我见面的时间却是那样的短暂！

也许，就是这样的可望而不可即，就是这样微微的遗憾和不足，美才得以永驻人间，西藏才成为人们心中的圣地，成为人类最圣洁的精神家园吧！

2008年

乡情清如兰阳泉

汽车一停稳，我顾不上跟同车的苏老师他们打招呼，就直奔米粉店。

这家米粉店我刚才在老远的村头就看到了。还没进村时，正在想，肚子这么饿，到街上有家米粉店就好了。

果然，车子一进到街上，这家米粉店就赫然迎面出现。

——阿妹，有米粉吗？

——有，领导想吃马上给您做。

——不是领导，是老乡，肚子饿了，赶紧煮一碗。

——好嘞！

听声音，看动作，还有那张简短干净的围裙围在小巧的腰身上，就知道这是一位麻利能干的老板娘。脸面细细的皱纹掩盖不住她的年轻、端庄、秀雅，她清清爽爽，热情大方。

——多少钱一碗?

——五元。

——我用手机微信付钱。

——我们这里还没兴这个的。

——我口袋没带零钱，那等下我的同事到了我借来给你。

——哎呀，那就不要钱啦，一碗米粉，值多少钱嘛!

我不好意思，情急之下来一句当地壮话“当里古勒办（这样怎么行）”。她略微惊讶，认真看了我一下：“哦，原来你是我们这里的人，那更不要讲什么钱了，赶紧吃吧，看样子你们还有活动。”

我们确有活动。这次“喜迎十九大·共筑中国梦”全国文化名家走进革命老区东兰采风活动，这是我们组第二站，地点是东兰县长江镇兰阳村。从县城到兰阳村，一路翻山过坳，汽车颠簸近三个小时，早把肚子里那点早餐消化干净。

走出这家米粉店，就看见一个小操场边高耸一棵巨大的无花果树，树干枝丫结满了一串串饱满的果实。亭亭如盖的树下，当地特有的椿榔舞正在热闹地展开。

镇长递给我一张粉红色的简介。东兰壮族椿榔舞，又名“木棒舞”，不知起源于何地何时，以及形成的具体年代，但是，在民间，却是一代接着一代传承下来了。传说，椿榔舞开始是为了传递战争信息、召集众人起来抗敌而产生的，后来变成了百姓共庆丰收和欢度节日的歌舞。逢年过节、起新房、进新居、结婚、定亲等，当地百姓都跳起舂榔舞，同时伴有击打铜鼓、山歌对唱，形成歌舞热烈的场面。

操场上，只见两组各 8 人，男女混搭，身穿壮族土布衣服，每人手持一根七八尺长的坚硬木棒，踏着操场边五面铜鼓强烈的鼓声，围着一块木板走动，先击板后击棒，发出强弱不同的声音。动作虽然简单，节奏却很强烈，几个程序走完，他们自己已经笑得前仰后合。

镇长跟我同姓，都是人人一听到介绍都要惊讶“啊，有这姓？还是第一次听说”的这个“牙”姓。我一问，亏了，镇长虽比我年轻许多，却高我一辈。我的老祖宗其实是从东兰县长江镇迁到隔壁的凤山县砦牙乡的，跟镇长同宗共祖。我们家族不管到哪里辈分都不能乱，我只好叫一声“叔”，搞得他怪不好意思的。

这时，悠扬的当地壮族山歌从屋后传来：

改革开放几十春，
村村寨寨喜盈盈；
门前种下摇钱树，
屋后挖个聚宝盆。
座座高楼拔地起，
银行排队把款存；
小伙个个长得帅，
姑娘脸比桃花红。

我问谁在唱歌？叔说，就在后面的兰阳泉边，村里歌手唱的。

大伙循着歌声，转过屋角，只见一棵巨大香樟树和一棵巨大榕树交缠一起，树冠覆盖之下，有两个四方水池，碧绿清澈，泉水不断从池底下汩汩冒出，一个个水泡迅速往上蹿，几尾草鱼欢快地穿越嬉戏。叔说这是兰阳泉，又递来一份简介。

兰阳泉地处兰阳村中部，水深一米左右，素有“东兰第一泉”之称。早在明朝，东兰韦氏土司发现该泉，水清见底，四季不竭，周边村民旱涝不惧，于是将土司州府从坡豪村迁到兰阳村来，兰阳村便成为东兰的府治所在地。

此刻，两对男女青年正在泉边对唱山歌。虽然明知是镇里安排的，但他们唱得很投入，就像平时傍晚在村边约会唱的一般，女的歪低着头，男的边唱边慢慢朝她们走近。

不知谁喊一声，来一首爱情的。

他们张口就来：

（女）

遇着哥，
好比金壶遇银杯；
今日特地来相会，
平生就等这一回。

（男）

喜见妹，
好比蜜蜂喜见花；

蜜蜂喜花飞去采，
哥今见妹不回家。

（女）

想哥想得要发癫，
饭菜不吃丢一边；
三天不见哥的脸，
好比家中断油盐。

（男）

鸭嘴不比鸡嘴尖，
哥嘴不比妹嘴甜；
几时讨得甜嘴妹，
煮菜不用放油盐。

一个小时过后，我们离开兰阳村，乘车前往巴英村，那里正在上演更有传奇色彩的东兰“蚂蜗舞”，但兰阳泉边那一句句煽情的歌声依然宛如素缕般传进车窗里来。

临别，我没忘记那碗米粉钱，但叔说，你放心，她是我同学，又是亲戚，我刚才给了她坚持不要，她还说我们老家习惯，亲戚到家吃饭哪里要钱的。话虽如此，我后来还是通过微信把钱转给叔，请叔转给她。

人们常说浓浓的乡情，而今天的我，所遇所见，觉得乡情就是亲情，就像这碧绿纯净的兰阳泉，清澈见底，不染俗世一丝尘埃。

2017 年

天蓝时节到环江

这并非是我的特意选择。在天最蓝的季节里，在十一月的第一天，也是在迎接自治区成立六十周年大庆开始火热升温的日子，我再次来到全国唯一的毛南族自治县——环江毛南族自治县。

出发前的凌晨时分，我刚读到几首关于十一月的诗，比如海涅的诗，他说，凄凉的十一月 /……我走上德国的旅途。比如，罗伯特 · 弗罗斯特的诗，他说，爱这凋敝的十一月的光景 / 在雪天来临之前。比如华兹华斯的诗，他也说，在那十一月的日子里 /……看着 / 阴沉的雾霭滚滚拥入山谷 / 让凄寂的景色更加凄迷。

不知什么缘故，在诗人的眼里，十一月竟是如此凄凉和凋敝。而我们，从桂西山城的百色市，直接往桂西北的环江急驶，六个小时的路程，一路山青水绿，天蓝云白，“青春作伴好还乡”的心情，一刻也没有中断过。这干净的翠绿，透澈的青蓝，一直陪着我们，也从没有在眼前消失。

没有想到的是，环江——这个我曾经以教师身份在此工作过三年的地方，这个在二十年前自治区成立四十周年的时候，我以新华社记者的身份前来采访过的地方，还有更让我心情激动的故事在等着我。

下午四点，刚放下行李，我就迫不及待地问环江县委宣传部覃日泉副部长，附近哪里有典型的村庄，天黑前能赶回的，我们去走一走。覃日泉副部长说：“有，就在县城附近，不到10公里，县委常委、组织部韦部长正好在那里检查工作。”我甚至连地名也没问，就说：“好！就去那里。”

我们说的“那里”，就是环江毛南族自治县陈双村毛苗瑶移民点。那里正在热火朝天地搞房子改造工程，几十个木工师傅忙里忙外，不停在那些尚未做好的苗族木楼里穿梭。看着村干部和乡亲们的忙碌操作，正在实地检查落实工作的韦凡部长高兴地介绍说：“陈双村是一个多民族聚居村，全村有 27 个屯 760 户 3400 多人，聚居着毛南族、苗族、壮族、瑶族、布依族、水族和汉族共 7 个民族的群众。这还是一个异地扶贫搬迁安置村，大部分群众都是早在 1994 年和 1995 年从县内贫困山区搬迁来安置的，有两个屯是2004年搬来的。现在，这里已经成为典型的民族团结示范村，异地搬迁致富村。”说到这里，韦部长拉过一个年轻人说，更具体的情况还是由他来讲。

这年轻人名叫韦玉荣，是这个毛苗瑶片区的党支部书记，苗族人，35 岁，刚从果园劳作出来见我们，精瘦精干的长相让我们相信，这肯定是一个不怕贫困，也能对付贫困，还能走出贫困的强干苗族小伙子。他一上来就给自己定调：他既是典型贫困户，又是脱贫致富带头人。接着他介绍说，这是陈双村的一个片区，由毛南族、苗族和瑶族三个民族的群众组成，脱贫致富的主要办法就是开发形成了稳定高产的砂糖橘产业。以他家为例，他先用 6 亩自有土地来种，后来又租了别户土地 24 亩来种，总共种上了 30 亩的砂糖橘，每年收入达 20 多万元。

从韦支书不怎么流利的介绍中我们得知，这个陈双村毛苗瑶片区由三个屯组成，其中苗族屯 26 户 112 人，1995 年 8 月 30 日分别从该县的驯乐苗族乡三个村搬迁出来，开始种甘蔗、木薯，后来桑蚕也种养过，但收入都不理想。2010 年开始大量种植砂糖橘，每户平均种植面积为 12 亩。县里以这个片区为核心，积极创建现代特色农业示范区，短短几年下来，辐射带动周边村屯群众种植水果 6000 多亩，其中砂糖橘 5000 多亩，还有沃柑 1000 多亩。水果年产值增长很快，前年是 300 多万元，去年是 400 多万元，今年预计 500 多万元，其中纯收入达到 300 多万元，加上农家乐 70 多万元，整个示范区的经济一片大好，鼓舞人心。毛苗瑶片区群众人均年收入更是从搬迁前的 500 多元，迅速增长到了现在的 15000 元，已经有 12 户人家买上了小轿车，车子档次也不比城里居民低，平均每辆 9 万多元。

现在，走进这个片区山坡上的果园里，果树已经结满了砂糖橘，树枝撑不住沉重的橘子，纷纷下垂，好多树枝连着青黄相间的橘子都垂到了地面上。我问韦支书，橘子结果这么多，怎么做到的。

韦部长接过话题说："为让少数民族搬迁群众快速脱贫，县里着重发挥党建引领作用，由县指导策划，镇里组织推动，村总支部具体实施，实行'支部＋公司＋合作社＋农户（贫困户）'发展模式，大力开展技术培训，让果农熟练掌握种植技术，由于技术保障，整个果园砂糖橘结果率非常高，品相也好，每年成熟季节，外地果商把车开到果园里，装完车直接就往外地拉。"

站在果园的山顶上，环绕四周的几个圆形小山坡，一片葱绿，树上挂满了即将成熟的青黄相间的砂糖橘。山脚的平地是一栋栋正在修葺的苗族木楼，这是村民们的普通住房，现在搞维修是为了能够接待开始纷至沓来的外地游客。可以看出，这片不大的多民族聚居小村落，正在形成优质的农家乐旅游景区。

二十年前，自治区成立四十周年，也是这样喜庆的日子，也是这样欢乐的心情，我接受新华社总社的任务，前来采访这个全国唯一的毛南族自治县。一篇《毛南山乡安置六万各族贫困群众》的消息，新华社播发后，第二天登在《人民日报》重要版面上！当时我刚进入新华社，这样的写作成果自然让我激动不已。而今天这一次的采访，却是事先没有计划的，我也已经不再是新华社记者了，采写的报道更不可能登上《人民日报》的那个显眼位置了。但是，正是这样没有事先选点的采访，我才深切感受到毛南山乡的故事更为真实，更为感人。这毛南山乡，感人的故事就是这样连续几十年都不曾停止过，因此，它变化得翻天覆地，变化得意想不到，这也是很自然的事了。

2018 年

长河涛涛挽忠魂

我曾想，应该写这里的山。这里的山，雄起于东凤岭上，垂挂于云贵高原边，有的拔地而起，直冲云天，就像生于斯，长于斯，却不甘寂寞的那拨人，奋力冲开沟壑崇岭，去闯荡外面的精彩世界。也有圆润饱满的低矮丘陵，年年四季水草丰茂，涵养大地生灵，像祖祖辈辈在这里守望相助的亲人们，四季轮回，日耕夜息，从来不曾远离。

我曾想，应该写这里的水。这里的水，有奔腾咆哮的红水河，她像对不争气的儿女过于苛求的老母亲，早年的温柔多情已随两鬓染霜而变得心急火燎，常常发出恨铁不成钢的喊叫。也有涓涓细流的山间溪水，叮咚如琴，源自幽静深谷，穿林过坳，像壮家小妹赶圩归来，走在山间小道，甜美的山歌随着轻快的脚步，往家里赶去。

我曾想，应该写这里的如画风景。它正如人们常说，仿佛被上帝的手无意间抚摸了一下，就在这里的一个个奇山秀水间，留下一处处人间美景，它们像面对晚霞，静静默立，纤纤素手轻挽流瀑的长发美女，无比娇媚地轻轻回眸，让你心神一荡，久久流连。

然而，最终我还是甘冒重复和雷同的危险，选择写这里的英雄。

出现英雄的土地自有它神奇的摆布和格局。东兰的山水，盘古开天辟地造就了它的雄奇和异象。高耸的巴则山矗立在县域核心部位，就像高高挺起的脊梁，四周村村寨寨围拢而来，犹如众星捧月。壮阔汹涌的红水河穿行在东兰一百多公里的腹地，像一条巨龙，从千山万壑跃冲而来，朝着一望无际的大海豪放奔去。山势如虎，长河如龙，虎踞龙盘，当然地灵人杰。

韦拔群，就是这群人杰的带路大哥。围绕在他身边共同奔走，一起战斗的当地青年汉子是陈伯民、陈洪涛、黄大权、黄书祥、牙苏民、黄举平、黄昉日、陆浩仁、廖源芳、黄松坚等。拔哥那些惊心动魄的战斗，人们早已耳熟能详，而我，每每看到他那张后人画出来的头像，便情不自禁想起当今一些“政治”照片来。有人曾为了一张工作照片座次没被排好，就大发雷霆，骂工作人员不讲政治；有人因为报纸的编辑没做到精准地把两个人的照片做出大小两厘米的区分，也说编辑不懂政治。我想，拔哥肯定看不明白这种照片的“政治”

意义到底在哪里。你看，拔哥革命近20年，天天出生入死，一直到38岁牺牲时也没有留下一张照片，更不要说讲究在照片里的排位了。现在我们看到他那气概非凡的头像，是家乡亲人在革命胜利后回忆拼凑出来的。如果要讲排位，拔哥该排在哪个座位上？1921年9月拔哥就组织改造东兰同志会和国民自卫军，开始了农民运动。这与成立于同年9月底的全国第一个农民协会——浙江省萧山县衙前村农民协会是在同一时间。接着拔哥又组建农民自卫军，1923年，拔哥带领1500多人的东兰凤山农民武装三次攻打东兰县城，最后攻克，把土豪劣绅赶下台。那时我们的正式武装力量都还没组建起来。可以说，从自觉开展农民运动，到自觉走上武装斗争，在中国现代，拔哥也是能名列前茅的。拔哥唱着山歌，进村入户，结交农民朋友，发动农民兄弟闹革命打土豪的时候，我们很多人还不知道农民运动怎么搞。所以有人提了个我党早期三大农民运动领袖的说法，湖南毛泽东是一个，广东彭湃是一个，再一个就是拔哥。如此算来，如果要讲究拔哥的座位应该不会很靠边的。其实，共产党人搞革命，自始至终都不是为了排座位，如果一定要讲究这样的排位，还是现在提倡的好——以人民为中心，把中心那个位置留给人民来坐。写到这里，我不禁想起曾在延安看到的那些照片，毛主席当年在延安的一些照片都是随便地站在一排人的边上，有时甚至站到后排的最边沿，也没怎么讲究。共产党人本来就该这样。经常看看拔哥那张头像，就会知晓，我们的初心不是为排座位而来的，如今官场的一些庸俗排位文化根本就不是共产党人追求的目标。

拔哥让我们震撼的故事实在太多。只要来到了这里，你就会懂得大局和牺牲两个词背后的真谛。面对拔哥，想想我们自己，那些自以为很了不起的业绩又是多么的渺小。拔哥肯定没有经过各种各样的专题教育，最集中的学习也就是在广州农民运动讲习所期间。毛主席曾这样评价他：“学了半本马列主义，红了半个中国。”然而，革命书籍读得不多的拔哥，对革命的理想信念却是牢不可破、坚如磐石。1930年，红七军要离开左右江革命根据地前往江西加入中央红军，部队到达河池整编时，针对一些战士不愿离开家乡的情况，拔哥对他们说：“我们是共产党领导的革命队伍，要无条件接受党交给的一切任务，革命者处处是家乡，现在你们是胜利离开家乡去革命，将来你们必定胜利地回到家乡来。”拔哥把几千名跟随自己出生入死多年的精锐战士全部编入大部队北上，他只带着不足一百人返回左右江，继续革命。

以这样的大局观，这样的政治觉悟和理想信念，拔哥面对整个家族为革命牺牲17位亲人的痛苦，面对自己的几个亲生儿子全部为了革命牺牲的现实，他当然都得勇敢地担当起来！最后他自己也献出了宝贵的生命。这样的结局，其实他早已料到，也早已随时准备着。但他毫无退缩，从容面对，他常说“快乐事业，莫如革命”，他还把三个儿子的名字统统改为与坚定的理想信念密不可分的词语——韦坚持、韦革命、韦到底，这已经在告诉身边的战友，如果他遭遇不测，一定要坚持革命到底！这样视死如归的豪迈气概，又有多少人做得到？不错，在为劳苦大众寻找出路，为苦难的中华民族绝地求生的艰难求索上，众多的共产党人的确做到无私奉献、勇于牺牲，但相对来说，拔哥的无私和牺牲又是多么的彻底!

拔哥的话是灵验的。他说，出去革命的战士必将胜利回到家乡来。果然，十九年后，这批战士真的回来了，虽然人数少了很多，但却更成熟更强大了。

开国上将韦国清，就是当年听拔哥的话走出去的战士之一，他 1927 年参加拔哥领导的农民自卫军时才 14 岁，1929 年参加百色起义时才 16 岁。从懵懂少年到运筹帷幄、决胜千里的战功赫赫的我军著名上将，历任广州军区政治委员、解放军总政治部主任、中央政治局委员、全国人大常委会副委员长等重要职务，他穿过枪林弹雨，经历战火淬炼，担任兵团司令时才 35 岁，被授予上将军衔时才 42 岁。毫无疑问，他受到拔哥精神和思想的深深影响，虽然职务越来越高，但从来不曾为自己的家族谋取私利。他有个老弟曾参军当兵，按他在部队的威望和影响，如果要特意照顾安排这个老弟，是完全有条件的，但他没有这么做，这个老弟后来复员回老家当了农民。回家后，做农民分到生产队的粮食是要交钱的，这个老弟交不起这个钱，韦国清知道后就通过工作人员把这个钱交给了生产队。至今这事在乡亲里还传为美谈。

那一代共产党人的一些行为，现在有人看起来可能感到不可思议，甚至觉得他们傻，但对他们来说，做起来就是那样的理所当然。开国中将韦杰、覃健，少将韦祖珍、覃士冕，担任过广西壮族自治区人民政府主席的覃应机和自治区人大常委会主任的黄荣，等等，他们都是当年听从拔哥的话跟随大部队参加中国工农红军第七军的战士，革命胜利后都在不同的岗位担任重要职务，但他们都坚守一条共同的信念，就是不谋私利。他们的出生地都在东兰县的各个大山深处，但他们都没有为了自己方便而想方设法把公路提前修到自家门前。他们生前也没有看到老家通水泥路，这些水泥路一直到他们离开人世时才被陆续铺好。他们都知道，其他村寨的路还没修通，自己的老家就不能比别的乡亲群众提前享受。

韦杰将军的老家人口多，生活困难，时任成都军区副司令员的他，没有给家里特殊的照应，只是不时把自己的孩子们没穿坏的旧衣旧裤寄回去而已。几十年后的 1989 年，他的爱人前来参加百色起义六十周年纪念活动，顺便带着全家人护送将军的骨灰回老家安葬，韦杰将军的孩子们惊讶地发现，前来探望他们的韦氏家族的小孩居然都穿着自己小时候的那些旧衣服！

这样的事例，在这个英雄群体里可不是一件两件。

我常常庆幸自己生长在这块红色的土地上。我的家乡凤山县，与东兰县地理空间山水相连，红色基因血脉相牵。拔哥早年搞农民运动，就有不少凤山子弟参加。红七军第二十一师有三个团，其中第六十三团就是由凤山子弟组成，团长是早年跟随拔哥革命、年龄比拔哥还大的廖源芳，后来也为革命牺牲了。廖源芳团长在凤山县是一位传奇人物，他在几十年的革命活动中，走遍了凤山县的各乡村，民间至今还流传他很多生动的革命故事。每次我走在红军当年走过的山道上，或翻阅那些血火凝成的史册，也偶尔生发“吾生晚矣”的感慨，总想寻找一些能够与先辈贴近的机缘。

1982 年我写作毕业论文时，毫不犹豫地选择东兰县早期农民运动作为题目。当时到东兰县查找到的拔哥和他身边英雄群体的活动轨迹，我一直深深记着。更没有想到，几十年以后，红七军这支 20 世纪 20 年代末出现的红色队伍，我这个直到 20 世纪 60 年代才出生的人，居然也有机会跟红七军战士当面交谈。2010 年国庆，百色起义 81 周年纪念日的前夕，我曾拜访红七军老战士黄荣。黄老的出生地现属巴马瑶族自治县西山乡，曾经属凤山县盘阳区。黄老比韦国清大两岁，1926 年参加拔哥领导的农民运动，1927 年进入东兰农民运动讲习所学习，1929 年参加百色起义，加入红七军，当时被称为“红小鬼”。他也是听从拔哥的话跟随大部队北上加入中央红军的战士之一，历经的战火洗礼有些与众不同，很多战士经过一次草地就已经九死一生，而黄老当年却三过草地而更斗志弥坚！他从一名战士做起，历任班长、排长、连长、中央军委二局科长、华东通讯局副局长、上海通讯局局长、广西壮族自治区交通厅厅长、自治区党委常委会委员、自治区人大常委会主任，成为党的高级领导干部。我见到他的时候，这位红七军老战士已届百岁高龄，但身材依然高大挺直，声若洪钟，思维清晰，跟我谈起当年金戈铁马的战争岁月，时而慷慨激昂，时而沉郁低回。他说，红七军从河池出发时是 2000 多人，到江西加入中央红军，经过反“围剿”和长征湘江战役，只剩 1000 多人，长征结束到陕北时只剩下 700 多人，到新中国成立时就只有 70 多人了。我想这个数据虽然难以做精准的验证，但黄老作为这支队伍的一员，一定是记忆深刻的。为了一个理想，为了一个信念，2000 多人血洒疆场，埋骨他乡，奋不顾身，前赴后继，他们的所作所为，可以用惊天动地来形容，而汹涌在他们血脉里的意志和精神，却是难以用文字来书写。

因之，广西东兰，在共和国的发展史册上，是与井冈山根据地的兴国，鄂豫皖根据地的红安、金寨等县，经常连在一起讲述的，它们都拥有一个响亮的名称，叫作“红色土地”“共和国将军之乡”！

2017 年 10 月 10 日到 13 日，我随“全国文化名家走进革命老区采风活动”走进东兰，走进武篆镇、长江镇、三石镇、巴畴乡、三弄乡，我们参观东兰烈士陵园、韦拔群纪念馆、韦拔群故居、拔群广场、列宁岩；我们瞻仰韦拔群烈士墓和革命烈士纪念塔；我们实地调研东兰长排山歌、椿榔舞、蚂蚜舞、猴鼓舞。感人肺腑的革命故事，令人惊叹的铜鼓传奇，多姿多彩的民族歌舞，无不给我们留下深刻记忆，也激发了大家的创作激情。

来自山西的鲁迅文学奖获得者、山西省作家协会的王祥夫就表示，要以东兰县崭新的面貌为主要内容，以当年曹靖华的《风物还是东兰好》为题目，创作新篇《风物还是东兰好》；中国武警文工团的苏柳在调研采风期间即创作出了感人至深的歌词作品《所有的一切》；东部战区前线歌舞团的苏时进和窦均、广西群众艺术馆的苏兴周和我提出建议，以当地独特的民间铜鼓歌舞为素材，创作一台大型歌舞剧，剧名就叫《鼓舞》，向广西壮族自治区成立六十周年大庆献礼；凡一平先生则表示，将以韦拔群革命故事为主线，从新的视角创作一篇独具一格的文艺作品。

……

这里的山我也沉醉，这里的水我也动情，这里的风物我也留恋，这里的亲人我也热爱。但是，我最后写了这里的英雄们，是因为我来到了这里，像所有曾到过这里的人一样心生敬佩，这样的选择发乎于情，便情不自禁。是的，只要你踏上这片土地，你就会真正懂得，什么叫作信仰，什么叫作崇高，什么叫作无私，什么叫作奉献。当我面对拔哥的画像垂首默念，这些英雄一个个都跟着拔哥，跃马扬鞭，朝我奔来，我听得到他们在说，我们从来不曾走远。是的，为什么这里会出现英雄，是因为这里的亲人们已经到了最需要他们的时候了；为什么他们最后又回到了这里，是因为他们都懂得，他们的根脉在这里，他们最初从这里出发，走得再远，最终都要回到需要他们的亲人身边。是的，这里的英雄又是多么幸福，他们从不寂寞，因为这里有亲人常念他们，外面的人也常来看望他们。

日夜更迭，时间虽然送走了横戈马上的壮烈岁月；长河涛涛，却日夜挽留含笑荣归的人民英雄。

2017 年

最后一天

——追记广西南宁市茅桥检察院检察员韦明珊

他大概不会知道，这是他最后一天上班。

他在《检察日志》中记录着：2001 年 1 月 15 日，星期一，雨……

早晨：冒着雨去上班

2001年1月15日早晨，广西南宁市茅桥检察院检察员、共产党员韦明珊像往常一样骑着摩托车去上班。路上的人很多，快过年了，人人都喜气洋洋。从公路到看守所有一段年久失修、凹凸不平的路，坐在摩托车上总是很颠簸，每颠一下，他的腹部就撕心裂肺般疼一下。虽然是寒冬腊月，他的额头上还是冒出了黄豆大的汗珠。他很想下车歇一歇，很想找一个地方靠一靠。可是，他不想迟到，他上班从来没有迟到过。这一年多来，疼痛像个恶魔，越来越疯狂地撕扯他、折磨他。医生不同意他继续上班，要求他住院治疗。医生说，颠簸和震动很危险，容易使肝部的肿瘤破裂。他也曾经住过院，但肝部的肿瘤并没有变小。他问医生："我还有多少希望？"医生的话既真实又有点含糊："你的情况比较严重。"过了两天，他就出院了，因为他想：与其在医院里浪费国家的钱，不如回去做点工作。

医生曾对他妻子预言过："他最多只能活六个月。"然而，直到今天为止，已经过了一年零八个月，他依然还活着，依然还工作着。这一年零八个月，他做了多少事情啊！检察收押犯人540人，检察交付执行470人，催办超期羁押案件86件，找被监管改造人员谈话教育146人次，办理申诉案件3起，还用业余时间完成了2篇调研论文，还读完了中央党校函授学院本科政法专业，拿到了毕业文凭。他庆幸没“听”医生的话。

上午7时40分，到达了看守所。他每天都是提前20分钟到岗。

上午：一名刚正不阿的检察员

一上班，他就开始整理打印申请检察官的资料。他一边整理一边想：什么时候才能当上名副其实的检察官？

他出生在广西马山县一个贫困的壮族山区，父母都是老实巴交的农民，家中兄弟姊妹五人，日子过得十分艰苦。高中毕业当了兵，他在部队学习、工作、训练中样样拔尖，被提拔为干部，保送到上海空军政治学院深造。在部队，他当过副指导员、武装部参谋、南宁军分区参谋，两次荣立三等功，多次受到部队嘉奖。1995年8月，他转业到南宁市茅桥检察院从事工作。

隔行如隔山。他知道在法律上自己是个门外汉，当务之急就是学习业务知识。40多岁的他拿着一本《监所检察工作手册》，不管吃饭、睡觉都在看，连上厕所的时间都不放过，一个星期下来，眼睛都布满了血丝。买回《中华人民共和国刑法》《中华人民共和国民法通则》《中华人民共和国刑事诉讼法》等一大堆法律书籍，一有时间就拿来“啃”。他参加过两次检察官资格考试，每次都因差几分没有及格。但他不怨天尤人，他又去读中央党校函授学院本科政法专业。那时候，他还在南宁市西乡塘的戒毒所上班，每周末才能回一次家。妻子在气象台搞监测，上的是轮班，十天半个月两口子碰不上一次面，好不容易遇到两人都休息的双休日，妻子、女儿要他陪着上街，但他又要去党校听课。为了这事，从来默默付出的妻子和他吵了一架。为了保证按期完成学业，他付出了比常人更多的心血。就在病重住院期间，他的床头仍然堆满了各种各样的书籍。一位老战友求他："你都病成这个样子了，连命都要没了，看书再多有什么用？"他笑着说："我读书是因为我觉得还有希望，如果一年半载还死不了，书就不会白读。"他终于成功地完成了学业，拿到了法律本科毕业文凭。他对下一次的检察官考试充满了信心。

在驻看守所检察室，他负责内勤，主要是催办、解决案件超期羁押等问题。这是一项很"顶人"的工作。在催办陈某刑事拘留超期羁押案件时，他按程序向办案人员提出了口头纠正，办案人员笑着说："有本事你就把人放了吧。"他听了虽然很生气，但仍然耐心地对办案人员说："法无戏言，你办案超期羁押是违法了。我有责任向你提出，如果你再不纠正，我就要发书面通知了。"办案人员自知理亏，赶紧道歉，表示一定抓紧办理。

在工作中，他依法监督看守所干警的管理教育活动，维护被监管人员的合法权益，往往得罪人，遭白眼。二十多年前，看守所的某干警殴打一名在押人员，致使在押人员头部、四肢多处受伤。韦明珊立即着手调查事件的经过，有人劝他：

“不要为了一个在押人员把事情闹大了，会影响检察院和看守所的关系。”他却说：“如果对违反法律的行为不闻不问，那么检察院派我来这里做什么？”他坚决按法律程序对这起体罚事件提出了检察建议，最后这名干警受到了行政处分，并被通报批评。事后，韦明珊受到了很大压力，个别管教干警对他不理不睬，冷眼相待，那位被处分的干警甚至公开对他进行诅咒。

下午：一个细心的“观察员”

下午，韦明珊决定走访监舍。

每次入监检查，总会遇到喊冤的，当天也不例外。在押人员黄某诉说自己是被冤枉的，蓝某也诉说自己不构成挪用扶贫资金罪。不知道这两个人是真的冤枉，还是拒不认罪。他决定把这两个人喊冤的情况也记录下来，并且向看守所领导反映一下，让办案单位再进行调查核实。

他深知要做到公正执法，不枉不纵，就要特别注意执法过程中可能出现的疏漏。记得2000年8月的一天，一名朱姓在押人员喊冤，要求申诉，经询问得知，此人在南宁市望州路开了一间油泵公司。前几天突然有几名公安人员到其公司搜查，扣押了其经营的商品和部分现金，还将其关押到看守所。韦明珊了解到这些公安人员是外地人，凭着职业的敏感，他感到可能抓错人了，于是迅速向看守所领导反映，要求办案单位立即进行核实。结果很快出来了，原来这些来自外省的公安人员要抓的是另一个人，他们真的抓错朱某了。无辜被拘留的朱某当晚就恢复了自由。

还有几天就要过年了，他准备找几名在押人员谈话。越是这个时候，在押的犯罪嫌疑人越是情绪不稳定，越容易出事。

他记得，在押人员韦某，被抓后自知罪孽深重，死罪难逃，精神上处于崩溃边缘，于是破罐破摔，多次骂人打人，大闹监舍，甚至绝食相抗，管教干警一时拿他没办法。韦明珊知道后，几次深入监舍，找韦某谈话。他像亲人一样关心韦某，给他买来一些日常生活用品。韦某感动得流下眼泪，他说："我是犯了死罪的，你还这样关心我，我再不听你的话，就不是人。"从此以后，韦某认真遵守监规，服从管理，一直到最后都没有闹过。

临下班时，腹部的剧痛几乎让他撑不下去了。同事惊讶地问："老韦，你今天怎么脸色这么难看？"他喘了口气，平淡地说："没啥大不了的！"

深夜：他留下遗嘱不要给单位添麻烦

晚上，他实在忍受不了，对妻子说："我真的很痛，真想喊几声。你不要难过，我不会有什么的，只想喊几声。"妻子含泪点点头："你想喊就喊吧。"但他最终还是把痛苦的呻吟憋在嗓子里，没有喊出声来。因为他想，周围那么安静，邻居们一定都睡觉了。他更怕惊吓了女儿，女儿虽然是个大学生了，但是在他眼里仍然是个天真的小孩子，他不愿在女儿的生活中留下一丝一毫的阴影。妻子看他实在坚持不下去，要叫救护车。他摆摆手，示意不要叫。他怕叫救护车会惊动检察长，惊动同事们。

他说，自从自己得病后，已经给领导和同事们增加了许多麻烦和负担。一年多来，检察院的同志们，知道他得病的消息后，都从微薄的工资里捐出了共3000多元给他治病。他几次推辞，都没能推掉这份真情实意。检察长为了给他补贴药费，有时候千方百计地凑点钱送到他家里来，怕他不肯收，就说是全院干警都有的奖金。他心里明白，单位门前那段路都没钱修，至今还是踩着泥泞上下班，哪里有钱发奖金？每次他收下这些钱，心里就要难过很久。所以，他下决心，不到万不得已绝不去住医院，绝不惊动领导和同事……

凌晨，他在昏迷中被救护车送进了医院，医生发现他的腹腔已经大出血……

昏迷中，他突然清醒过来，抓住妻子的手说："不要同事们的捐款，不要组织上的照顾，不要再给单位添麻烦，丧事从简……"他又对女儿说："爸爸没有什么东西留给你，只有爸爸上班骑的那辆旧摩托车……"

原稿采访后记：文章临发稿时，作者获悉，广西壮族自治区人民检察院给韦明珊同志追记二等功，号召检察干警向他学习。

2001年

批评或表扬，我都记得您

教师节来临之际，好多老师的身影纷纷从我脑海中晃过。

第一个“抓住”的是启蒙学校板东小学的王学道老师。

那时学道老师上我们的语文课。现在想来，我对写作如此爱好，根子肯定是学道老师的语文课给打下的。

学道老师的语文厉害，可以厉害到这个程度——他敢在公开课上，对前来检查他讲课的大队和公社一级的老师进行课堂提问。

我后来才知道，以学道老师的水平，本不该放到我们板东小学来的。他之所以在课堂上对大队和公社来的老师提问，其实有某种叫板的意味。他想试试这些老师，既然能被放到比板东小学条件好的学校里任教，到底有多少能耐。

厉害的人都比较聪明，聪明的人又比较爱搞点小名堂。学道老师既厉害又聪明，爱玩的小名堂肯定要比别人多一些。

那天，沙爱公社组织老师代表到板东小学来听课，包括公社教育组带队的领导在内，有十几个，名义上是组织老师互相观摩听课、互相交流学习。但聪明的学道老师不知从哪里得到消息，其实这是来检查他的课上得怎么样的。因为学道老师在全公社有些才气，有点傲气，对别的老师，甚至大队和公社一级的老师都不怎么看在眼里。这种行为我知道，我们大山里的人有点水平，一般都是这个样子，总是按捺不住一些轻狂，不太服别人。学道老师大概也有这个毛病。那天的课是讲解著名的课文《为人民服务》，讲到中间，进入提问阶段，平时学道老师到这时总是拿着慈爱的眼神朝我们几个成绩比较好的学生望来的，因为我们配合他回答问题，他比较满意。但这一回学道老师却没有向我们望来，而是扫过全班同学以后，一抬眼就朝坐在最后一排的听课老师望去。

学道老师的问题是：请给同学们讲解“人固有一死，或重于泰山，或轻于鸿毛”的基本含义。

问题说难不难，知道的就不难。问了三个老师，一个是学道老师隔壁生产队小学的，一个是东方大队小学的，第三个是公社所在地的沙爱小学的，结果，前两个老师一个字都没答得出来，而来自沙爱小学的罗老师倒是翻来覆去地讲了不少，但讲到“鸿毛”时，就卡壳了！他是搞不懂“鸿毛”

到底是什么“毛”，而我们几个学生又老是问他“鸿毛”到底是什么“毛”。罗老师越解释脸越红，最后不很肯定地用“红毛公鸡的毛”来作为结论，听得学道老师直摇头。

最后还是学道老师自己给我们做了解释。说实话，这个问题如果问现在的我们，也不见得都知道“鸿毛”就是“大雁的毛”。不过，我们也知道，如果当时学道老师真要问我们，也不会问这么难的问题。

学道老师这么一提问，前来听课的老师自然心里老大不爽，带队的公社教育组的人更是很没面子。但当时是拿学道老师没办法的，没有谁规定，课堂提问只允许提问学生，而不能提问前来听课的老师。

20世纪70年代，板东小学在板东生产队队部所在地。因为位置居中，临近十几个生产队的小孩都到这里读书，路程远近都差不多。板东生产队当时归龙猫大队管。所以，论级别的话，板东小学连现在的村级小学都算不上。后来到大队改成村的年代，龙猫大队分成龙猫村和板东村，板东小学才成为村级小学。我就在这样的小学一直读到四年级，才转到龙猫完小读五年级。上面这堂课就发生在即将结束板东小学读书生涯的四年级期间。

那么小的年纪，如果说一进入学校，就很自觉地认真读书，我不太相信。我当时就很爱玩耍，仅凭着头脑的小聪明成绩稍微好一点而已。有时上学路上看见牛打架，可以一直看到两只公牛伤痕累累直到结束战斗，都忘记去学校了。到现在我也没想明白，那天那两头巨大凶猛的公牛为什么打架，而且打得那样难解难分、你死我活。附近也没有像现在组织牛打架比赛那样有人牵着一头小母牛在游荡呀。也许吧，某个山头的草丛里，某一只毛发金黄油亮的小母牛在拿着妖艳的泪眼深情盯住它们也难说，反正牛的语言信号我是看不懂的。经常是，看完牛打架，我们就发疯般地看电影《南征北战》。那段时间，应该是《南征北战》放映的高峰期，我曾经连续六个晚上追着看，从大队部开始，一个生产队接一个生产队地跟着放映队跑，晚饭都不回家吃，有一次在隔壁的来风生产队看完，天突然下起大雨，我和同班同村的堂弟两个人摸黑回家，看不见路，差点掉进路边的一个猪粪坑里。电影当时对我们农村小孩的诱惑，应该跟现在手机对全国人民的诱惑差不多。不仅我这样连轴转追着看，班上好多小孩都这样。晚上看电影，白天上课就纷纷趴在课桌上打瞌睡。学道老师见状干脆不讲课文，就用整整一个上午，叫我们每个人自己来讲讲为什么那么爱看《南征北战》，这一下，我们全都活跃过来，像打鸡血一样突然之间精力格外旺盛，个个踊跃发言，七嘴八舌地畅谈观后感想，还联系实际把自己摆进去，担当某个喜爱的角色，把该角色的情节场景活灵活现地演绎一番。我当时并不知道学道老师的用意。现在回想，学道老师的办法实在高明。说真的，学道老师教语文教得好，但怎么好，好在哪里，我们并不知道。学道老师上了四年的语文课，我只记得他上面那堂课和这堂集体互动研讨《南征北战》的课，其他的课早已左耳进右耳出，一点印象都没有了。如果说有，大概也就是一些潜移默化的东西。

一个老师如果面对几十号学生，整天笑眯眯，是不会有权威的。权威怎么形成，跟当官差不多。教语文的学道老师似乎也深谙此道。就算自己喜爱的成绩好的学生，也要找机会狠狠“叼杠”（桂柳话“教训”之意）一次，好让其他学生“灵醒”——看吧，某某同学老师那么喜爱都被“叼杠”，我们得小心点。这法子可以看成另一个方式的杀鸡儆猴。对我这样学习成绩一直都不错的学生，要在学习上找毛病，不太容易。但我也有软肋，爱调皮捣蛋就是我的弱点。当时板东小学有一个泥巴操场，但是只有一个篮球，平时是不会让学生轻易拿来玩的，只有到体育课我们才有机会轮流摸那篮球一两回。有一天课间休息，我和同班的牙述帮同学实在想玩篮球，就用一个野生柚子来当篮球耍，两人练习传球技术，越传越快，结果一次我用力过猛，野生的柚子没有顺从地进入牙述帮同学的手里，而是高高越过他的头顶，直接砸到学道老师正晾晒在操场边的衣服上，一大堆还没有干的衣服瞬间全部掉到地上，裹上厚厚的黄泥沙尘。学道老师终于找到收拾我的机会了，只见他快步走过来，一言不发，抓起地上的衣服又狠狠甩在地上。二次受难的衣服显得更黄更脏也更难看了。呆立当场的我们，好久才回过神来，然后乖乖地向算术老师借来一只提桶，把学道老师的衣服一件一件捡起来，抖掉黄尘，整整齐齐放到提桶里，然后两人抬着提桶走到学校背后山坳上的山泉处，一件一件慢慢冲洗干净，再抬回来重新晾在木架子上。接着，两人十分自觉地乖乖去向学道老师认错检讨。虽然学道老师已经消了气，但还是狠狠批评了我们。这件事深深伤害了我。我认为学道老师太过分，我们两个不满十岁的小孩，能懂多少事？我们又不是故意的，学校几十个小孩，一下课都是打打闹闹，满操场地追打，他就不该把衣服晾晒在操场边上，不是我们的野生柚子打掉他的衣服，也完全有可能被别的同学的另一种游玩方式打落在地，这不能全怪我和牙述帮同学不小心，他凭什么说我们不对？就因为这个事，本来对学道老师很敬佩的我，此后很多年对他都没有多少好感。而且，随后发生在他身上的另一件事，更让我从心底里跟他划起界线来，甚至还产生过一阵很不善良的幸灾乐祸的心态。

前面我已伏笔交代，学道老师既聪明又爱玩小名堂。正是因为这小聪明和小名堂，差点把他自己“玩”掉。当时是特别讲政治的极左年代。学道老师凭着语文厉害，也学文人爱写点东西，没地方发表，当然他的文章水平也不可能达到公开发表的要求，结果，他就随手胡乱“发表”在自家的门板上。到现在我都不知道学道老师到底写了什么东西，闹腾出那么大的动静，直到好久以后才隐隐约约听人说，学道老师“发表”在自家门板上的东西里有这么一句“虎去狼来”。后来才知道，这其实是样板戏《智取威虎山》里的一句唱词，当时却莫名其妙地被当成了“反动标语”。就因为这句话，让他备受折腾。

曾经有好几个星期，没见学道老师来上课，甚至也没在板东小学。突然有一天，学道老师穿件白色挂线背心，当地叫“蚂蚜背心”，背一个翻盖绣有鲜红色“为人民服务”字样的绿色挎包，头戴一顶草帽，从我上学的那个方向走上学校来。那是一个陡坡，每天我上学最怕的就是到了临近学校的这个坡。今天学道老师就是这样满身汗水地慢慢走上坡来，平时高瘦挺直的身躯，此刻却微微弯曲着，神情萎靡，无精打采，课堂提问别校老师时的神采飞扬已荡然无存。我还看到在他身后不远处跟着两个年轻一点的人，走近一看，好像是曾经来到我们板东小学听过学道老师那堂公开课的老师，当时没被学道老师提问，所以印象不深。但现在很显然，学道老师是被这两个老师监督着走上板东小学来的。他们三人在板东小学待很短的时间，喝了碗开水，然后又默默离开了，学道老师甚至都没有来得及正眼看一下我们。他们去往的方向是公社所在地。那晚放学回家问我爸才知道，学道老师犯错误了，因为写了“反动标语”，他是被人监督着到一些学校去接受批斗或做检讨的。那天他刚结束在东方大队的批斗活动路过板东小学，在走到公社之前，还有几站的学校等着他。我却不明白，学道老师为什么没被安排在他任教的板东小学接受批斗或检讨。堡垒不是最容易从内部攻破的吗？也许上面还是考虑到维护他的一些尊严吧。

自那一天以后，我再也没有见到过学道老师。直到多年以后我考上大学出来参加工作，多方打听学道老师的情况，才有人告诉我，学道老师后来已被平反，重新安排到另一个学校当老师，继续讲他的语文课。他的才气，他的傲气，一点没变。又过了几年，学道老师不幸去世了。我想，学道老师应该是英年早逝，如果健在，现在最多也只是 70 岁左右的人而已，这个年纪，曾教过我的不少老师都还健康得很呢。我不知道学道老师在世的时候，是不是还记得曾经教过我这么一个调皮捣蛋的小学生。这个学生直到几十年后，在第 34 个教师节的今天，才以这样一篇单薄的文章来纪念他，也是仅仅希望，凡是得到学道老师教过的同学，无论是被批评过，还是得到表扬过，我们都要记住他的名字罢了。

学道老师，学而有道，名人相符，我是学您的！

2018 年

哭嵇哥

嵇哥，今夜南宁细雨绵绵，我走出阳台，朝你的窗口望去，此时却是漆黑一片，我心里哽咽着：“嵇哥，你真的不再回来了吗？”

嵇哥，你知道不？我 18 日下午打开新华网，一看到你因公殉职的消息，顿时像坠入冰窟，全身发抖，头脑一片空白，好久好久，才回过神来：“我们的嵇哥怎么会出事呢？”第一感觉还使我心存侥幸：“会不会搞错了？”然而，仔细往下读，不由得心胆俱碎——嵇哥是真的离我们远去了！没有留下半句道别，没有留下半点犹豫，一如你平时那样，夹着大大的采访包，步履沉稳，不紧不慢，是那样的从容，那样的豪迈，那样的绝不左顾右盼！

嵇哥，也许你不知道，我此生得以认识你，得以与你共事，是何等的幸运，何等的欣慰。记得我在编《决策参考》和《广西内参》时，你常常拿着一沓厚厚的稿子进我办公室来，交给我时，总不忘说一句："请改一改，能发就发。"当时你已经是颇有名气的新华社记者了，而我呢，虽虚长你几岁，却还是一个刚刚踏进新华社大门的"毛头小子"，连"新华体"的影子都还摸不着边儿！你的信任，你的谦虚，你的以诚待人，使我汗颜，使我惶恐，也使我暗暗下定决心：一定要向你学习，做一个无愧于新华社记者称号的新华社记者！

记得吗，嵇哥？那年元旦联欢晚会，是我们广西分社取得了历史性突破的一次，宽敞明亮的多功能厅，分社全体职工济济一堂，好不热闹。我突然想起毛主席他老人家对新华社的殷切期望，想起我们分社所走过的惊心动魄的一年，突发奇想，口占一联："寰球任我管，桂海起风雷。"你当即拿起话筒，豪情满怀地高声赞道："好气魄！"嵇哥，你知道不？就你这句"好气魄"，给我多大的鼓舞和鞭策，叫我多少个夜晚辗转难眠！其实，我那时只不过亲身经历了我们分社的巨大变化，心有所感，感而必发而已，哪有什么大气魄在！

人们常说，时间可以证明一切。嵇哥，我的这些心理，这些感受，多年来，一直没有向你说过，我想，我们现在都很忙，没有必要把宝贵的时间浪费在这些意义不大的事情上，等到将来有一天，我们都退休了，在分社如诗如画的庭院里，在南湖广场的茵茵绿草上，面对波光粼粼的南湖，望着满天闪烁的繁星，我们再来举杯畅谈也不迟。谁知，这个愿望竟无法实现了！你告诉我，嵇哥，我将来如何向你诉说？

一位诗人说过，有的人死了，但他还活着。我想，活着的当是他的作品，他的人格，更是他的精神气魄。嵇哥，你在不长的新华社记者生涯中，足迹踏遍了大江南北，西藏高原曾有你矫健的身姿，八桂大地留下你辛勤耕耘的步履，还有陕西、河南、四川……都有你洒下的艰辛汗水和丰富的果实。《广西红棉腊月开》《广西做活“菜”文章》《百色老区建成我国最大的芒果生产基地》《繁荣的京族三岛》《不惑之路　崛起之路——广西四十年经济发展巡视》……这一篇篇优秀的新闻作品足以让你英名不朽、精神永存！

古语有云，仁者乐山，智者乐水。嵇哥，你把短短的韶华留在了巴山蜀水，留在了雪域高原，留在了壮乡瑶寨，留在了祖国的山山水水间。你生前，爱山，爱水，爱祖国的锦绣山河，但工作太忙，每到一地，总是匆匆而过，无暇饱览，现在你可以无忧无虑地徜徉在你所热爱的山水间了！生无奢求，死无所憾，生生死死，终归尘土。安息吧，嵇哥！

2001 年

悼彭匈老师

第一个消息来自费城老弟，我不信。费城老弟远在凤山，彭匈老师在南宁，我也在南宁，很多文友都在南宁，我没听到，南宁的其他文友难道也没听到？三百多公里远的山区小县，难道消息比首府城市传得还快？电话询问费城老弟后，再电话询问石才夫兄，他说刚从北京回来，还没听说。正想找第三个文友询问，电话尚未打出，庭华兄的微信到了：

“彭匈老师今下午突发心梗，与世长辞！”接着是三个双掌合十的手势。

不用再找人核实了。庭华是出版界出身，彭匈老师也曾长年在广西出版界担任领导，庭华的消息肯定是准确的。果然，打开微信朋友圈，满满都是惊讶、疑问、震惊、悼念的话语，这些全都是给彭匈老师的！

今天中午十二点多，我看到彭匈老师发在朋友圈的一篇文章，题目是《书法大师是怎样炼成的》，写的是他的好友，英年早逝的广西师范大学教授、书法家伍纯道老师。万没想到，到傍晚就收到他突然去世的消息！记得三天前，我看到彭匈老师第一次发在朋友圈的写他启蒙老师的文章，标题是《我的开蒙老师》，昨天这篇文章他又发了第二次。当时匆忙之中我还跟他说，关于启蒙老师，我也写过一篇《批评或表扬，我都记得您》，一家文学期刊已决定刊发，届时请彭老师指正。他迅速给我回了三个符号，一个是握手，一个是抱拳，第三个是一朵红玫瑰。想不到，我再也无法请到彭匈老师给我指正了。

彭匈老师博学多才，幽默风趣，又对书法产生浓厚兴趣，尤其是他的隶书，已经达到很成熟的水准了。彭匈老师的幽默风趣是文化界都知道的。他的幽默风趣不仅在那些等身著作里展示得淋漓尽致，平时交流的一些生活话语，也是让我们忍俊不禁。去年我们到桂林做过一次讲座，我先到先讲，他中午才到，下午讲，邀请方安排我们一起吃午饭，闲聊到要锻炼身体保卫工资的玩笑话题时，彭匈老师说："我的经验是，千万不要跟自己做斗争！比如，天寒地冻，我才不要玩什么冷水澡，硬是用自己的热量去抵抗寒冷，我都要把水开得暖暖的，然后才开始舒舒服服地洗！"

这样注重保暖，这样注重蓄养元气，应该是可以让彭匈老师享有更长的生命周期来著书立说的。对这一点，彭匈老师也充满了自信。2月20日晚上9点41分，彭匈老师发朋友圈说：“过了正月十五，开始在久违了的朋友圈放文章。期望各位朋友喜欢。”然后也是三个符号：抱拳、玫瑰、握手。一个“放”字，足以说明彭匈老师的自信和豪气，他肯定已经准备好献给读者的不是一两篇文章，而是一批文章，这批文章就是《彭匈说人物》。从他已经出版的散文集《三国那些人儿》《水浒这些男女》的写作风格来推断，这批文章必定又是花团锦簇的上乘之作。没想到，彭匈老师饱满充盈的生命今天突然终止，他那些精彩的文章才“放”出《我的开蒙老师》和《书法大师是怎样练成的》两篇，其他的已经再也不能和我们见面了。于是，他的那些已经问世的著作，成为文坛绝响。

说实话，彭匈老师给我的书我还没读完。但从有限的阅读来看，那些情节故事和处理技巧让我常常感叹：“高，实在是高！”他曾描述过家乡一名狗屠的故事，说这名狗屠由于长年杀狗，身上自然产生一股怪味，以至于走过街上，狗们看见了都很自觉地远远避开。他还描写过中国京剧文化的简洁精确，说要是让外国人在台上表演骑马的剧情，肯定要把真马拉到台上来才能把戏演下去，而我们的京剧演员“手执一根鞭子，足矣”！类似的故事情节俯拾即是。去年彭匈老师送给我两本新作，一本是幽默散文集《又见众生》，一本是文化随笔集《乐此不疲》，我曾经饶有兴致地翻阅几篇，但是，由于事务缠身，实在是来不及全部读完。现在它们静静地立在我的书柜里。我相信，等我好好阅读它们的时候，书中的精彩之处肯定会促使我对文学写作更加乐此不疲！

写到这里，我打开百度查到彭匈老师的词条，发现这么一件事：1997年4月时任广西人民出版社总编辑的彭匈老师，请汪曾祺先生为其写一篇序。汪先生欣然允诺，说待四川笔会回来马上就写。谁知汪先生从四川回来不久，突发疾病，抢救无效，与世长辞，享年78岁。彭匈老师当时发文悼念，写道："汪先生没能为我写序，也没能如他在自选集重印后记中所说'再写作十年'。前者是我个人的遗憾，后者是中国文坛的遗憾。"现在，我也要说，彭匈老师没能把《彭匈说人物》完全"放"出来，就突然与世长辞，这不仅是广西文坛的遗憾，也是中国文坛的遗憾。

2019年